吉村萬壱

流卵

河出書房新社

流卵

カバー写真　Mikael Aldo
装丁　木庭貴信（オクターヴ）

廊下から夕食の薄い匂いが漂って来た。

病室の古びた壁には、弧を描いて赤茶色の線が何本か走っている。

それはこのベッドに寝ていた患者が、血を吸って休んでいた蚊を叩き潰した痕だと思われた。もしその患者が重篤の病に罹っていたとすれば、死にゆく自分の血を盗み飲んでのうのうと生きている蚊に対してどんな感情を抱いたか容易に想像出来る気がした。その患者がその後どうなったのかは分からないが、同じベッドに今は父が体を横たえて眠っている。

父の枕元で、私と母は丸椅子に腰掛けていた。

父の呼吸は苦しげで、白く薄い胸板が力なく上下していた。鼻のチューブから送り込まれる酸素を吸っては吐くという営みが、八十六歳の父の全身全霊を懸けた人生最後の仕事になりつつあった。今や呼吸は父にとって不随意運動ではなく、一回毎に新たな勝利を獲得しなければならない不断の闘いであり、吸った酸素をなかなか吐き出せなかったり、暫く新しい酸素を吸えなかったりする度に、私は父に同調して言いしれぬ息苦しさを覚えた。そして何度目かに父の胸が動かなくなった時、私の顔を父の目がきつく睨み付けて来た。その目は次第に大きく見開かれていき、顔全体が苦しみと怒りと笑みの混じった形容不能の表情になった。私は父のこの顔に既視感があった。父には今将(まさ)に何か言いたい事があるのだと分かった瞬間、母が口を開いた。

「お前さん、こっちのスリッパを履いて来とったんで？　もう一つの新しい方のスリッパはどないしたん？」

　見ると母は父の顔などまるで見ておらず、身を屈めてベッドの下の父のスリッパを弄(いじ)くりながら「ふふ、私が買うて上げたスリッパを履いて来んかいね」などと笑っているのである。父はと見ると、私の顔を透かして何か恐ろしい物を見ているかのように両眼を大きく剝(む)いて、無言のままに絶叫しているのであった。


　ベッドサイドの心電図の波形が大きく乱れ、電子音がフラットな音に変わると同時にスピーカーから看護師の叫ぶ声がして、私は反射的にマイクに向かって「呼吸してません！」と叫んだ。すぐに病室に二人の看護師が飛び込んで来て、私と母とを押し退(の)け、父の胸の上に両手を重ね、両腕を真っ直ぐに伸ばしたかと思うと予想外の勢いで猛然と心臓マッサージを始めた。大柄で骨太な体格のその看護師の力任せの圧迫によって、父の薄い胸は何度も潰されたように見えた。母はオロオロしながら病室の隅の方に後退(あとずさ)っていたが、こんな場面は若い頃に看護婦をしていた母なら幾らでも見ていた筈(はず)の光景であった。私はその看護師の頼もしく広い背中とよく張った尻、そして機械のように精確な全身の律動に半ばうっとりと見入った。

「はいっ」

　父の自力呼吸が戻った時、看護師はそう言って我々を振り返った。その顔は、まるで大きなパン粉を捏ね上げたばかりのパン職人のように、晴れ晴れと上気していた。

「お前さん、良かったなあ」とベッドに駆け寄り涙声で言う母に、父は今垣間見たばかりの向こう側の世界の光景を自分なりに理解しようと努めるかのように、じっと天井を睨み付けたまま反応しなかった。

「びっくりしたわ」と私は父に向かって言った。すると父はハッとしたように私を見て、時間を掛けて目の焦点を合わせると、声を失っていた筈の口を開いて「わしもや」という関西人らしい言葉を返して来た。喉から絞り出すように発せられたその声は随分と嗄れてはいたが、すっかり日常的な響きを取り戻していて、父にまだこんなユーモアのセンスが残っていたのかと私は驚いた。続けて母も父に向かって何か話し掛けた。父は曖昧に返事をし、自ら頭のスイッチを切るように目を瞑ると、忽ち鼾をかき始めた。

　父の心臓の拍動は、心停止の原因は不明だが暫くは心配ないだろうと担当医が言う程度には力強く回復した。止まっていた心臓が、心臓マッサージという物理的な刺激を受けた事で再び稼働する現象を目の当たりにして、私は看護師や医師の職人としての腕の確かさに感心した。人間は一種の機械であり、生命現象は物理的なもので、故障を修理出来れば延命するし、そうでなければ死ぬという単純な法則に支配されているのである。恐らく父は自分が死んだと思い、しかし強制的に蘇生させられた結果、自分がまだ生きていた事にびっくりしたに違いない。

空調が効き過ぎていて、少し肌寒かった。母は布団を捲り、父の脚に手を置いて「寒うないで?」と言いながら脛を擦った。流木のように白く枯れた父の脚が乾いた音を立てた。すると突然母が嗚咽し始め、声を詰まらせながら「私の為に戻って来てくれたんやな、お前さん」と言った。

父はひたすら呼吸という名の死闘を続けている。

「有り難うやで。有り難うやで」

父が母の脚をマッサージする姿は子供の頃から何度も見て来たが、母が父の脚を擦る光景は極めて珍しい。やがて母は身を屈め、父の脚に額を押し付けた。こんな母の姿を私は初めて見た。

父の貧相な脹ら脛は母の半分の幅もない。

頭の中に、次第に父の足の感触が膨らんで来た。

それと共に、長く忘れていた遠い記憶が芋蔓式に甦ってきた。

*

下着姿の父と少年が、卓袱台（ちゃぶだい）の下に足を突っ込んで寝っ転がり、テレビを見ている夏の夜。母はその時台所で、夕食後の洗い物をしていた。潔癖症の母は目を皿のようにして、僅（わず）かの皿の油汚れも見逃さない真剣な顔をして盛んに肩を揺らしていた。脹ら脛の太い母の後ろ姿を尻目に、父は腑抜けた顔で息子と一緒に下らないお笑い番組を眺めていた。少年の生脚にはまだ殆ど脛毛（すねげ）が生えていなかった。父の足と少年の足とは、卓袱台の下で向かい合い、半ば絡まり合っていて、父が足を動かす度に付いたり離れたりした。すると父の裸足が突然、決然と少年の脚を撫で回し始めた。土踏まずを、少年の脹ら脛や踝（くるぶし）に滑らせ、盛んに摩擦してくる。

少年は私だ。

私は咄嗟（とっさ）に、会社から帰った父の湿った紺色の靴下が発する異臭を思い出した。それは外の世界のあらゆる汚れを出汁（だし）にして煮染めたような刺激臭で、それを一嗅ぎするだけで私は自分が如何に清潔で汚れない存在であるかを自覚した。平日の父の帰りは決まって深夜だったから、その日は休日だった筈である。しかし外の世界の汚穢（おわい）は、たとえ前夜に風呂に入っていたとしても足の爪の中や指の股、踵（かかと）の罅（ひび）の隙間などにこびり付いていて決して完全になくなってはおらず、私は思わず息を止めたがすぐに息が保（も）たなくなり、強く鼻から息を吸うと微かに異臭がした気がして、薄まった異臭は何故か一層気持ち悪く、「ぉえっ」とえずいた拍子に父が「ひっひん」と奇妙な声を上げたのでびっくりしたが、それはW（ダブル）ヤングの

「ちょっと聞いたぁ？」というギャグに反応して笑ったのだと分かった。一旦収まったかと思われた脚撫ではその後も断続し、この愛撫が息子の脚を、母とは別の外の世界の女の脚に見立てて父が密かに甘い回想に浸っているのだと、私は子供心に直感した。だとすれば父は今、私を女と見なしているのだという事に思い至るや、私は父の足に撫でられながら自然に気持ちを切り替え、父の希望に沿う自分の脚の在り方を探って、少し押し返したり、逆に少し逃げるようにしたりと小さな工夫をし始めた。この女役を演じている内に、父の足が臭くても別に構わないという気持ちになってきたのは不思議な事だった。流しの水道を出しっ放しにして、母は執拗（しつよう）に皿洗いを続けていて、その水音が聞こえている限り我々はこのプレイを続けられるのである。その時父と私のそれぞれのペニスは、恐らく同程度には膨（ふく）らんでいたに違いない。

同じペニスでも膨張時と収縮時では数倍の差がある。私の例で言えば、肌寒い日にプールから上がって「先生、おしっこ」「行って来い中村。終わったら、ちゃんと洗体漕に浸かるんやぞ」「はい」と言ってトイレに行き、水泳パンツを下ろした時の、寒さの余り陰毛の茂みの中に半ば埋もれて紫色に縮こまっている時のペニスが最小である。

中学生の時にクラスに国吉（くによし）という、大柄で体のがっしりした男子生徒がいた。国吉は色が白く、頬が赤かった。ちょっとした事でよく笑ったが、笑った時に限って、その視線はどこかずれていた。この世と背中合わせに我々の知らない別の世界が存在し、その世界には良心というものがない。国吉には、そこに住んでいる誰かと目配せを交わしているような印象があった。向こう側の誰かは、恐らく魔女だ。国吉には幾つかの噂があった。中でも最も恐ろしかったのは、小学校時代、学校の吹き付けの壁に猫の鼻を押し付け、そのまま弧を描くようにスライドさせて猫の鼻を磨り潰してしまったという噂であった。猫の顔がなくなったと証言する者もいた。彼と私は小学校が別だったが、触れるとちくちくする校舎の壁の感触は指の腹に残っていた。あんな大根下ろしのような壁で下ろされたら一溜まりもない。猫は潰された目で何を見ただろうか。恐らく、薄笑いを浮かべていたであろう国吉の顔を見る事は叶わなかったに違いない。まだ動物愛護法は存在しなかった時代である。この噂を思い出す度に、こんな危険人物が同じ教室にいる事がとても恐ろしいと思った。彼の家は金持ちで、母親も恰幅が良く、ＰＴＡの役員をしていた。国吉は笑うと不気味だったが、時として真剣な顔を見せた。その時、彼の顔には育ちの良さが自然に滲み出て、整った顔立ちはハンサムな部類に属していた。狂ったような残酷衝動さえなければ、全く別の人間だったろう。しかし彼の整った顔は、私には一層冷血に映った。彼はよく私に下らない事を親しげに話し掛けてきて、私は努めて陽気に応じていたが心はその度に固まっていた。

プールの授業の、自由時間の時だった。男子はこの時間、水の中で取っ組み合いをするのが常である。私も自分の中のエネルギーを持て余し、友達と沈め合いや投げ合いをして歓声を上げていた。気が付くと、太い腕が首に巻き付き、後ろを取られていた。耳元で「にゃあっ」と声がした。国吉に捕らえられたのだと分かった。私は無理に笑い顔を作ったが、背後の国吉には見えない。「やめろや」と言った途端、水の中に引きずり込まれた。彼の力は物凄く、巨大な重石(おもし)の下敷きになったかのようだった。彼のスリーパーホールドを自力で外す事が出来ない事は瞬時に分かった。私は水の中でもがきながら、ひたすら解放されるのを待った。しかし国吉の力は一向に緩まない。それどころか、益々きつく押さえ込んできた。私は水の中で目を開けた。生徒達の沢山の足が思い思いに動いていて、遊びに夢中になっている。誰も水の中の私の存在に気付いていないのは明らかだった。プールサイドで監視している筈の教師を、何故か私は端(はな)から当てにしていなかった。彼らは教師といえどもどこにでもいるただの一般庶民に過ぎず、何十人もの生徒が犇(ひし)めくプールの中で水中に沈んでいる一人の生徒を見付け出す千里眼など持っている道理がないのだ。息は益々苦しくなった。国吉は私を限界ぎりぎりまで解放しない。彼はそのすれすれのところを楽しむ腹なのだ。その時私は体格の大きな国吉と自分の肺との容量の差を思った。国吉の基準でいけば、私の呼吸は恐らく保たない。ほんの数秒間の差で、私は溺死するかも知れない。私は本気で死を思った。あと五秒で私は我慢出来なくなって、水の中で息を吸ってしまうかも知れない。

気道から水を吸う僅か一秒か二秒前に、私の上の絶対の重石は嘘のように消えた。そして私は国吉の力強い腕によって水中から引き上げられた。私は力一杯空気を吸った。そして、何度も肩で息をした。国吉が笑いながら何か言っていたが、聞き取れなかった。肺を満たしていく新鮮な空気と、自力では無理だったかも知れない浮上を手助けしてくれた国吉の力強い腕の感触とが、私から彼に対する怒りをすっかり奪い去っていた。寧ろ助けてくれて有り難うとでも言い出しかねない自分を、私は引き攣った笑顔によって辛うじて抑えた。国吉はそんな私を見てどこか物足りない表情を浮かべ、別のターゲットを物色するかのように私からごく自然に視線を外し、見えない魔女と目を合わせた。私の命懸けの犠牲は彼にほんの僅かの満足しか与えず、私は申し訳ない気持ちになった。暑い日だったが、その時の私のペニスは、或いはトイレに於ける寒さに縮んだペニスよりも更に小さく萎縮していたかも知れない。

数十年後に私はクマネズミを溺死させた。クマネズミは家の中の電線を齧ってショートさせる事があり、それにより火事になったケースもあるという。家の中にクマネズミを見付けた時、私は強力な粘着タイプの鼠取りを仕掛けた。数日後、一匹のクマネズミが罠に掛かった。外に逃がしてやりたかったが、もがけばもがくほど、クマネズミの体毛は粘着剤に搦め捕られていき、やがて頭も貼り付いて、救う事は不可能になった。このクマネズミを、私は安楽死させる事に決め、鼠取りごとバケツの水に沈めた。クマネズミは身を捩って悶絶した。すぐに溺死すると思っていたが、その苦しみは予想外に長かった。見るに忍びない苦しみ方であったが、私はその姿をじっと観察した。下手に水から引き上げて生かしたとしても、どの道クマネズミは粘着剤にへばり付いたまま死ぬしかないのだ。やがてクマネズミは、一際大きく痙攣したかと思うと、大きく開けた口から特大の気泡を吐き出した。気道から入った水が肺を満たし、肺の中に残っていた空気が一挙に押し出されたのである。そしてクマネズミは動かなくなった。口の中から小さな気泡が数個出て来て、静かになった。一体、命とは何なのだろうか。

もし私がプールの中で溺死していたとすれば、私はクマネズミと同じように、口から特大の気泡を吐き出して死んだであろう。私はその時まだ生物の溺死の瞬間を見た事がなかったが、国吉の巨体の下でかなり正確に自分の死の瞬間をイメージ出来ていたと思う。恐らく、自分が数秒後に吐き出すであろう大きな気泡の映像まで、朧げに見えていたのではなかろうか。

彼に対する怒りの感情は、その日の夜に布団に入ってから漸く沸々と湧いてきて、それは耐え難いほどに膨らんで、私は思わず敷き布団を叩いた。階下の両親に叱られない程度の弱々しい叩き方ではあったが。そして怒りは、その後ずっと消える事なく延々と燻り続けている。勿論それは彼に対する怒りではない。彼にその場で怒れなかった自分自身に対する怒りであると同時に、止めどなく萎縮する自分のペニスの不甲斐なさに対する怒りでもあった。しかし又私はあの夜布団の中で、死に接近した興奮に取り憑かれながら、枕を股に挟んで勃起し続けていた。枕は国吉であり、私は彼の逞しい腕に抱かれながら彼にしがみ付く自分を延々と夢想していたのである。私が、大柄で屈強な男に対して無意識に取る卑屈で女性的な構えは、その時既に心の中に育っていたものと思われる。いや、その根はもっと昔に遡るかも知れない。極小と極大とを一日の内に往還した私のペニス。同じであって別物の、それぞれのペニス。

因みに後年伝え聞いたところによると、国吉の頭の血管には瘤があり、二十四歳の時にその瘤が破裂して死んだらしい。

私にとって、中学二年生の一年間は特別の年だった。年度が改まり、国吉と別のクラスになった私は勢い友達選びに慎重になった。私は煽られるのが苦手で、客席をやたら盛り上げようとするテレビのバラエティー番組の司会者や、自分のやり甲斐にしか興味がないのに「おまえらの事を思うて言うとんねんぞ」と盛んに生徒をけしかけてくる熱血教師などが大嫌いだった。従ってクラスの半分を占める煽り系の小学八年生のような連中の仲間に自分から加わるのは真っ平だったし、三分の一を占める不良達とも出来れば関わりたくなかった。不良達の何人かは国吉と繋がっていた。しかし彼らの中での国吉の位置付けはさして高くなく、寧ろ彼らが国吉を馬鹿にしているらしいのを知って私は何か騙されたような気がした。かと言って残り六分の一の弱々しい連中にも、私は少しも魅力を感じなかった。北村晴男という男子生徒に目を付けたのは、休み時間に彼が決まって一人で文庫本を読んでいたからである。小柄で色白の北村晴男は、背筋の伸びた良い姿勢で読書していた。ゲゲゲの鬼太郎のような長い髪を、頭を傾けて横にずらし、隠れた左目を出すのが癖で、頰には雀斑があった。切れ長の吊り目と小さな鼻は中国的だったが、雀斑は西洋的だと思った。

「何を読んでんの？」と訊くと、彼は何も答えずに文庫本のカバーを外して表紙を見せてくれた。それは創元ＳＦ文庫の『レンズマン・シリーズ① 銀河パトロール隊』だったが私は全く興味を覚えず「ふーん」とだけ言った。彼は私を見て「中村君はどんなん読むん？」と訊いてきた。君付けで呼んでくるところが新鮮で、薄くて異様に赤味を帯びたその唇が何かの裂け目のように見えたのもどこか背徳的な感じがしてギョクッとした。「夏目漱石とか」と私は答えた。すると北村晴男は突然「ししし」と言った。それが彼の笑い方だった。赤い唇の隙間から白い歯が覗いていた。

それまで、昼休みには私はどうでもいい数人の男子生徒と一緒に弁当を食べていた。見ると北村晴男が一人で椅子に腰掛け、組んだ両手を机の上に置いて半眼になっている。新年度になって何週間かは経っていたが、そう言えば昼休みに彼が弁当を食べている姿を私は見た事がなかった。近付いていって「食べへんの？」と訊くと、彼は首を傾けて髪をずらして私を見ると小さく頷き、再び背筋を伸ばして半眼になった。私はそれ以上何も訊かず、いつもの席に戻ると弁当を食べ始めた。

私の母は驚くほど料理のセンスがなく、私は自分の茶色一色の弁当が恥ずかしくて堪らなかった。この日の弁当も予想通り見映えのしない彩りで、いつものように弁当箱の蓋を立てて隠して食べようとすると、三浦という生徒に「それ、やめろや」と言われて仕方なく蓋を取って食べる事にしたが、見ると三浦の弁当もほぼ黄土色一色の冴えない代物で、それでも私の産業廃棄物然とした弁当よりは、何と言うか惣菜の並び方に一定の秩序が感じられて悔しかった。私は心から学校給食を望んだ。学校のような集団生活の場では自分の力だけで勝負したい。親の作った恥ずかしい弁当によって肩身の狭い思いをするなどという理不尽があって良い筈がなかった。ふと北村晴男の方を見ると、彼はいつの間にか姿を消していた。私はいつものように大急ぎで弁当を掻っ食らった。食べ進むと、肉の下から肉汁にまみれたプチトマトが数個出てきた。弁当の見映えというのは蓋を開けた瞬間が勝負なのに、何故肝心の彩り野菜が肉の下に隠れているのかと憤然としながらも私は救われた気持ちになり、口に入れたプチトマトを舐めて綺麗にし、こっそり弁当箱の中に吐き戻した。その鮮やかな赤色。私は僅かに自信を取り戻し、みんなこの赤いプチトマトを見てくれという気持ちになった。しかしすぐにそんな自分に憐れみの気持ちが湧いた。最後まで残した真っ赤なプチトマトを口に入れ、食べ終わってホッとした私は、残り二年間の弁当の時間を思って暗澹とした。高校も含めれば五年間続くのだ。父は何故こんな母と結婚したのだろうか。

ふと私は北村晴男を探しに行こうと思い立ち、教室を出た。トイレや図書館を巡ったが見付からず、校庭に出てみると、フェンス沿いの木の下を歩いている彼の姿を目にした。嬉しくなって近付いて声を掛けると、彼は落ち着いた表情で私を振り向いた。午後の陽を浴びた彼の立ち姿は凜々(りり)しく、私は少し緊張した。

「人類は滅亡するんや」

彼は唐突にそう言った。彼が面白半分に言っているのではない事だけは、私にも分かった。

「中村君は生き残りたくないか？」

「生き残りたい」私は答えた。

「ししし」

白い歯が光った。

「どうやって生き残るん？」

彼は髪をずらして、秘密の左目を露わにした。

「知りたい？」

「うん」

「超能力使うてヒマラヤにテレポートするんや」

「へーそうなんや」

私は失望した。世はオカルトブームで、本屋に行けば『ノストラダムスの大予言』や『テレパシー入門』などその手の本は沢山売っていたし、テレビではスプーン曲げやユリ・ゲラーを扱った番組が視聴者を盛んに煽っていたから、結局そういう事かと思うと残念だった。北村晴男が再び歩き出した。私は便意を覚えたが、取り敢えずそっと屁を一つ放ってから彼に追い付き、肩を並べた。

「何で弁当食べへんの？」

「体を軽うするんや」

「何で？」

「精神の比重を高めるんや」

「何の為にそんな事すんの？」

するると彼は急に私の顔を覗き込み、「中村君、意外とアホやな」と言った。それは悲しい言葉だったが、ひょっとすると彼は今この瞬間までは私をアホではないと思ってくれていたのかも知れず、だとすれば少し嬉しい気もした。少なくとも彼は今、何故か私のような馬鹿を相手にしてくれているのだ。

「肉体に引き摺られとったら超能力なんか身に付かへんやん」

「それはそうかな」

「クラスの連中はアホばっかしや」

「うん」

この瞬間、私の中で彼にこれ以上アホと思われたくないという祈りのような感情が爆発した。この咄嗟の思いは自分でも驚くほど強く、私の目は、すぐ間近にあるストレートの髪から覗いた彼の形の良い耳殻と、制服の襟の黒さと際立った対照をなす白い首に釘付けになった。馬鹿と書かれた屑籠に、クラスの連中と一緒に捨てられたくない、そんな思いが胸に満ちた。そしてこの時、私の中にあったまだ動いた事のない真新しい歯車が突然回り出した。この一つの歯車の始動によって私の中の全ての歯車が今までとは逆の向きに動き出すかも知れず、その危険な感じがとても蠱惑的で、私はこの先自分の精神が北村晴男というこの少し変わった生徒に取り込まれていく事をかなりはっきりと自覚した。彼の何が私を強く惹き付けたのか、その時はよく分からなかったが、面接試験を受ける受験生のように、私は彼に受け入れられたいという気持ちで一杯になっていたのである。

校庭に、サッカーボールを蹴ったり、キャッチボールしたりする生徒達の数が少しずつ増えてきた。しかし校庭の外周をゆっくりと散歩する我々を、きっと彼ら凡庸な生徒達とは全く異なる何か崇高な空気が取り巻いているのだと私は信じた。そう思わせるような何かが、北村晴男にはあった。彼がその時私に話してくれた思想は、一握りの選ばれた人類だけが世界の終末を生き延びるという一点に尽きたが、それが在り来りのオカルト思想の枠を超え、次第にリアリティを帯びて心に迫ってくる感じがドキドキするほど新しかった。そして私は彼の話を聴くよりも遥かに熱心に、彼自身の顔や手指や清潔な制服を見ていた。私の制服のズボンの膝は抜けていたが、彼のズボンはくっきりと折り目が付いいて真っ直ぐだった。それだけでも私にとっては奇跡のように思え、私は盛んに彼の粗探しを試みたが、汚点と言える物は何一つ発見出来なかった。私は彼に夢中になった。そして、目の前にいるのは宇宙人に違いないと思った。何よりそんな顔をしていたのだ。

昼休みが終わりに近付き、我々は教室に戻った。五時間目は面白くない理科の授業で、私はすぐに眠気に襲われた。気が付くと、私は白い枕を抱いていた。その枕には真っ赤な裂け目が口を開けていた。私はその裂け目に顔を近付け、匂いを嗅いだり、舌を差し入れたりした。やがてその裂け目が、自分のペニスにぴったり合うサイズであるのに気付くや、忽ち劣情に支配された。裂け目は濡れて光沢を帯びていた。私は膨らんだペニスを慎重に裂け目に近付けた。しかし裂け目は私のペニスを受け容れず、への字に曲がって「ししし」と声を上げた。私は仰天して目を剝き、その瞬間目が覚めた。二重顎(あご)の理科の教師が「名前は晴男やが、全然晴れとらへんやないか、おい」と言うのを私は聞いた。振り向くと北村晴男が立っていた。教師の質問に答えられなかった彼の髪に隠れた耳が、ほんのりと赤く染まっているのを私は見た。私は何故か「ざまあ見ろ」と思った。それから大急ぎで改めて彼の顔を見た。そして北村晴男が若干受け口である事に気付いた。「もうええ、座れ」と教師に言われ、彼は軽く頭を振って髪を揺らしつつ椅子に腰を下ろした。一瞬見えた秘密の左目は薄く笑いながら理科教師を睨み付け、「死ね」と言っているように見えた。私の関心は、北村晴男が太った理科教師に勝ったのか負けたのかという点にあったが、人類の終わりの日に理科教師は確実に死ぬが北村晴男は生き残るのだという事を思い出し、勝敗は明らかだと思った。即ち彼の抱く終末思想は、どんな一時的な敗北にも左右されない絶対優位の思想だった。自分もその思想に与る事によって、今後五年間の弁当の屈辱を乗り切る事が出来るかも知れないという明るい見通しがついて、俄かに嬉しくなった。

その日から、私は全ての休み時間を北村晴男と二人きりで過ごすようになった。十分間休憩の間にも彼の席に飛んで行って話を聞いた。彼は本を沢山読んでいて、色々な事を知っていた。人の細胞は三年間ですっかり入れ替わる。従って三年間継続して修行する事によって人は新しい人類に生まれ変わる事が出来る。真言密教の千座行が千日間であるのもその為だ、と彼は言った。私は大いに納得した。「どんな修行すんの?」と訊くと、彼は「ししし」と笑い「瞑想でチャクラを開発するんや」と答えた。チャクラというのは、体の中にあるエネルギーの場の事だった。彼は難しそうな一冊の本の口絵を示しながら、七つのチャクラについて解説してくれた。説明はよく分からなかったが、その図は結跏趺坐をした全裸のヨガ行者の体に各チャクラの位置が図示されたもので、私は何よりその極彩色の絵が醸し出す不思議な神秘性に強く惹き付けられた。こんな絵は見た事がなかった。私はゾクゾクした。チャイムが鳴ってふと顔を上げると、クラスの生徒達がふざけて摑み合いをしたり、下品な冗談を言って爆笑したり、女子生徒がアイドルの写真を見てキャアキャア騒いだりする狂態が教室一杯に展開していて、「クラスの連中はアホばっかしや」と言った北村晴男の言葉の正しさをこれ以上ないほど裏付けていた。

　私は弁当も食べなくなった。ノストラダムスの予言する一九九九年まではまだ間があったが、人類を何度も滅ぼす事が出来る多数の核ミサイルが存在する時代に、人類滅亡はいつ起こっても不思議ではなかった。一刻も早く超能力を身に付けなければ、突発事に機敏に対応する事は出来ない。悠長に弁当などを食べている場合ではないのだ。私はこの理由に飛び付いた。昼休みになると、教室の隅や図書館、校庭の縁、裏庭などに身を潜め、我々は最も重要な秘密の知識について語り合った。私は一瞬にして、弁当地獄から解放されたのである。食べなかった弁当は、下校途中に雑木林の中に捨てた。一ヵ所に捨てると近くの住人に不審がられると思い、捨てる場所を毎日変えた。雑草の上に投棄された弁当は想像していたよりも大した量ではなく、最初は痛んでいた良心も、何日か経つ内にそれほど呵責（かしゃく）を感じなくなった。家で空の弁当箱を母親に渡す時や、朝にずしりと中身の詰まった弁当箱を鞄に入れる時はさすがに胸が痛んだが、チャクラや超能力の事を考え始めると忽ち心が切り替わった。私が心の支えにしていたのは、北村晴男が或る時私に言った「滅び行く人間どもの価値観は全て屑や」という言葉だった。百万言を費やして説明しても、両親が終末思想を理解して超能力の開発に勤（いそ）しむとは考えられず、私は彼らが滅亡する人類に属する事を如何ともし難いと考えた。何も知らない母がせっかく作ってくれた弁当を捨てるのは忍びない。しかしそんな気持ちに絆されていつまでもこちら側の世界に留まっていては、未来はないのだ。私は北村晴男と共に、新人類への進化という向こう側の世界に行かなければならなかった。それこそが選ばれた民の使命なのである。

下校時、私と北村晴男の家は正反対の方向だったので、我々は校門で別れるのが常だった。通学路の途中に大衆食堂やクリーニング屋と並んで小さな本屋があり、その日私は数千円入りの財布を持って本屋に入ると、予め目を付けていたオカルト本を五冊まとめ買いした。そんな大胆な買い物をしたのは初めてで、私は鞄の上から何度も本を押さえながら帰った。その五冊は超能力、ヨガ、神通力に関する大衆向けの入門書だった。これで北村晴男に一方的に教えられるだけの状態から、隠された知識の領域に自力で参入する事が出来るのだと思うと興奮が収まらなかった。雑木林の中に分け入り、いつものように弁当をぶちまけた時、私は突然ここで裸になりたいという燃えるような衝動を覚え、周囲に誰もいないのを確認すると制服のズボンとパンツをずり下ろした。そして勃起したペニスをダウジングの棒のように四方八方に向けた。自然の中に潜むエネルギーをそれによって感知するかのようにペニスに精神を統一していると、近くの叢がガサガサと揺れた。見ると一匹の野良犬が頭を低くして、草の間からこちらを見ている。弁当の匂いに引き寄せられてやって来たに違いないその野良犬は、目の前の餌が罠か否かを見極めようとしているようだった。野良犬に襲われて脹ら脛を噛まれた近所の小学生の話を思い出し、私は恐くなった。野良犬は不気味に沈黙している。

私は雑草の上の、弁当箱の形のままの四角い御飯や惣菜を顎で指し示し、パンツとズボンを引き上げながら「食えよ」と言い、ゆっくりと後退りすると、踵(きびす)を返すや早足でその場から立ち去った。五メートルほど離れてから振り向くと、野良犬の姿はどこにもない。常に飢えている筈の野良犬でさえ食べない弁当だったのかと思うと、母親を馬鹿にされたようで腹が立ち、続けて哀しい気持ちが湧いてきたが、暫く歩きながら鞄の中の本の感触を確かめている内に再び喜びが込み上げて、いつかきっと雑木林の中でヨガ行者のように裸で瞑想してやると心に決めた。

家に帰って弁当箱を渡すと、母は「どやった？」と言って鼻の穴を膨らませた。「何が？」と訊くと「唐揚げ」と言う。私は咄嗟に、この四月からT県に単身赴任し、先の日曜日に久し振りに帰って来た父と母が交わしていた遣り取りを思い出した。母が鶏肉と言えばフライパンで焼いた笹身しか食卓に出さない事に対して、珍しく父が文句を言ったのだった。「唐揚げとか、色々あるやろが」と言った父はその時ビールを飲んでいた。「今や、何もかもぶちまけてまえ」と私は思った。母は生まれ付き喉が細く、子供の頃に魚の骨を喉に引っ掛けて死ぬ思いをした。私も幼い頃に同じように魚の骨を引っ掛け、病院にかつぎ込まれて医者に摘み出して貰った経験があった。その時は私が余りに激しく泣き叫んだせいで手元が定まらなくなった医者が突然怒り出し、元看護婦であった母はその場で文句こそ言わなかったが、病院から帰ってからその医者の腕のなさを散々こき下ろした。それ以来、母は決して骨付きの魚を食べさせてくれなくなった。そしてどこから聞いてきたのか「魚の骨は御飯を飲み込んだら取れる事もあるけど、鶏の骨が刺さってしもたら喉を切開せんと絶対取れへんのやで」と言って、食卓に出す鶏ですら絶対に骨のない笹身だけと決めてしまったらしかった。笹身は脂身がなくパサパサしていて私は嫌いだったし、恐らく父も、久し振りの家での食事が笹身だった事にうんざりしたのだろうと思う。「せめて伸一の弁当には、たまに唐揚げでも入れたれ」と父は言った。「骨が刺さったらどないすんのんな。赤い顔して」と母が言うと、父は「子供は唐揚げが好きなんや」と言ったきり黙ってしまった。私はがっかりした。それと同時に、父の様子が私のよく知っている父と少し違う事に漠然とした不安を覚えた。父はその翌日にT県に戻って行った。

この日母は、父の言葉に従って弁当に唐揚げを入れたのだと気付いて私は咄嗟に「美味しかった」と答えた。母は「そやろ」と言って一層鼻の穴を膨らませた。しかし草の上にぶちまけた弁当を思い出してみても、骨の付き出した鶏肉や、ましてや持ち手のアルミ箔などを見た覚えはなく、ただいつものような茶色い肉だけだった気がした。ひょっとすると母は、私が毎日弁当を捨てている事に気付いて鎌を掛けてきたのではないかと急に不安になり、私は何かもっと感想を聞きたそうな顔をしている母を残してさっさと二階の自室に上がっていった。買って来た五冊の本を鞄から取り出している内に、母はどんな小さな骨も残さず取り除く為に、鶏肉をバラバラにして揚げたのではないかという考えが頭に浮かんだ。私の為にごくたまに食卓に並ぶ焼き魚も、母の手によって元の形状が分からないまでにバラバラにされ、骨という骨が完全に取り除かれているのが常だった。母はそれと同じ処置を鶏肉にも施したのかも知れず、しかし唐揚げ用の鶏肉に小骨など存在しない事は明らかで、考えれば考えるほど母に取り憑いた強迫観念の凄まじさが空恐ろしくなった。確かに草の上には、小さな肉片が沢山転がっていた気がする。野良犬はそれをウサギの糞か何かと勘違いして通り過ぎたのだろうか。「そんなアホな」という言葉が口から零れ出て、急激に落ち込んだ気持ちは目の前のオカルト本の力を以てしてもなかなか回復しなかった。

その日の夕食は野菜炒め風のごった煮で、牛肉が入っていた。母は肝臓が悪いからと脂身を嫌い、牛肉は決まってヒレ肉か腿肉だった。母は常に焼き過ぎるので、肉はいつも固かった。いつものように私は母と向かい合って大急ぎで食べながら、いつ唐揚げの事を訊かれるかとヒヤヒヤしていた。テレビの画面にはクイズ番組が流れていた。「もっとゆっくり食べんかいな」と、どこか疲れた様子の母は言った。何か考え事をしているようにも見えたが、私は一刻も早く自室に戻って本が読みたかった。北村晴男によって向こう側の世界の存在を知った今、私にはこちら側の平凡な日常というものが日増しに詰まらないものに思えて仕方なく、テレビの中の観客がドッと笑う度に無性に腹が立った。「父ちゃんは毎日何食べてんねやろか」とポツリと母が言った時、私は何か答えようと口を半開きにして母の顔を見たが、その目はどこかぼんやりと遠くを見ていたので何も言えなくなった。一瞬母も向こう側の世界を見ているのではないかという気がして、北村晴男と私だけの神聖な領域に母にだけは入って来て欲しくないと反射的にそう思った。母の箸を持つ手が止まっていた。父は確かにウイークデイには家では朝食しか食べず、昼と夜は外食していた。ゼネコンに勤める父は忙しいには違いなかったが、判で押したように帰宅が深夜に及ぶのは不自然ではないかという気が私もしていたし、ましてや今は遠く離れたT県に単身赴任している。母の心の中にある憂悶もある程度予測は付いたが、しかし同情する気には少しもなれなかった。母には、どこか父よりも自分の方が正しいと確信して一歩も譲らないところがあり、その禍は勿論私にも度々及び、母を言い負かす事は我々男達にはほぼ不可能だったので、父は外で飯を食う事によって必要な息継ぎをしているのだろうと思った。

小学生の時は建て売りの小さな家に住んでいたが、我が家は私が中学生になる直前に建坪五十坪の家に引っ越していた。この家は、周囲を雑木林の丘に囲まれた窪地の中にぽつんと建っている。父は安値でここに二百坪の土地を買い、そこに自ら設計した鉄筋コンクリートの家を建てたのである。急坂を上った先には何軒かの家があったが、近所には田代(たしろ)さんという家が一軒しかなく、それは斜面に沿って、幾つもの手作りの小屋が数珠(じゅず)繋ぎに蛇のように這い上がる形の風変わりな家だった。小屋は全て田代のおっちゃんが一人で作ったという。一番上の蛇の頭の部分の小屋が、坂の上の住人相手の日用品やちょっとした食料品を扱う

「田代商店」で、いつも田代の婆さんがぼんやりと店番をしていた。引っ越し当初はまだ水道水が来ていなかったので、我が家は田代さんの家の井戸水を貰い水していた。バケツを持たされて、私はよく遣いに出された。田代のおばちゃんは、いつも快く水をくれた。重いバケツを両手に提げて細い道を下りて来るのは大変だったが、家族を支える命の水を運ぶ仕事は誇らしくもあった。汚水は浄化槽で処理していた。夜になると、我が家は窪地に溜まった漆黒の闇の中に完全に没した。街灯一本なく、月明かりや星明かりが頼りの闇の底に、父は毎深夜一人で帰って来るのだった。どうしてこんな不便な場所に越して来る必要があったのかを、母が説明してくれた事がある。その原因は私だった。以前の建て売り住宅に住んでいた時、友達が家に遊びに来た。彼は話の合間に私の家をしげしげと眺め「狭い家やなあ」とぽつりと言った。友達が帰った後、私はこの言葉を何気なく母に伝えた。母はその場では何も言わなかったが、実は聞いた瞬間に腸（はらわた）が煮えくり返ったのだという。「何糞（なにくそ）、今に見ろ、と思うたんよ」と母は後に言った。世間体を何より気にする母だった。この日から、「伸一のどの友達の家よりも大きな家に住む事」が父と母の共通の目標になった。しかし売り物件を買うだけの金はない。そこで彼らは、数年前に父が転売目的で安く買っていた山の中の土地に大きな家を建てる事に決めたのである。母が新聞チラシの裏に描き散らした妄想に近い間取り図を挟んで、二人は深夜や週末に時間の許す限り額を寄せ合い、一級建築士である父が母の夢想を実現すべく現実的な図面を引いていった。私が小学六年生の時、父の会社の下請けによる建設工事が始まった。この頃の父は、平日でも早く帰宅する事が少なくなかった。そしてよく「一緒に行くか？」と私に訊いた。私は必ず「行く」と答えた。九〇ｃｃのバイクに乗って頻繁に現場に出向き、工事の進捗状況を確認していた父は、母の心配をよそに、たまに後部座席に私を乗せるという気紛れを断行してくれた。徒歩と自転車しか移動手段を持たない小学生の私にとって、夜風を切って自由自在に疾走するバイクのスピード感は実に心地良く、信号待ちをしている車の列を横目に交差点の先頭に出た時など、父は後ろの私に向かって「父ちゃんのバイクが一番やろが！」と叫んだ。当時四十一歳だった父は、バイクという玩具によって大人の頸木（くびき）から解き放たれたかのように、子供の私から見ても如何にも無邪気な運転振りを見せた。私は父の心の中に自分と同質の部分を感じて、それが嬉しいと思う一方で、父親がこんな幼稚な人間で大丈夫だろうかという一抹の不安も覚えた。後部座席にいると、僅かのバランスの崩れをも体に感じる。新しい家の建設現場までは片道半時間ほど掛かり、途中重心が傾いたりハンドルを取られたりする場面が何度かあり、私は父の背中に摑まりながら体を固くした。母の心配は故なき事ではなかった。若い頃、ボートに母を乗せて夜の海に漕ぎ出した父は、「何か音がしとるで」という母の忠告を無視して盛んにオールを漕ぎ続け、母曰く「もう少しでボートごと渦の中に引き摺り込まれるとこやった」という。その話の真偽は謎だったが、父にはどこか考えなしの無鉄砲さが備わっている事は確かで、それが母が父に対して手綱を緩めない理由かも知れなかった。夜の窪地へと下りていく急勾配の坂は勿論舗装などされておらず、拳大の石ころの間を縫いながら二人乗りのバイクで下っていく事にはかなりの危険が伴った。バイクの細いタイヤは何度も砂利に取られて横滑りした。私はどうして父が坂の上にバイクを置いて、歩いて坂を下りないのか不思議だったが、これが私の父であり、この父にしがみ付いて生きていくしかない私は、父の腹に回した腕に精一杯力を込めた。

その父が、今はいない。T県とはどんな土地なのか私には見当も付かなかったが、不思議と寂しいとは思わなかった。母との繋がりに比べれば私と父との関係は淡泊で、どこかしっくりいかないところがあった。「小さい頃、あんたは父ちゃんの顔を知らんかったんやで。父ちゃんはあんたが寝た後に帰って来て、あんたが目覚ます前に出勤しとったからな。休日はゴルフか麻雀や。たまに父ちゃんの顔を見る事があっても、あんたは泣くか、どちらさんですかという顔をしてるだけやった」母はそんな事を言った。母も又、寂しがっているようには見えなかった。ただ、遠く離れた父の生活を透視するような目で虚空を凝視しているような事はあった。

私はオカルト本を買ったその日から、夢中で新知識を吸収し始めた。ヨガの教えによると、人間の尾てい骨にはクンダリニーというエネルギーの塊である蛇がいて、呼吸法と瞑想法によってこの蛇が目覚めると、スシュムナー管という人の背中にある管を駆け上って行く。その上昇の過程で蛇は次々とチャクラを開花させ、頭頂部にある最高位のサハスラーラ・チャクラが開くと人は悟りの境地に達し、新しい人間に生まれ変わるのである。私は一刻も早く北村晴男と対等に話が出来るようになりたくて、各チャクラの名称と性質とをノートに書き写して暗記に努めた。学校の勉強とは比べ物にならない楽しさだった。特に私を惹き付けたのは、最も下位に位置するムラダーラ・チャクラだった。それは性器の位置にあり、このチャクラが目覚めると強力な性的エネルギーが湧いてくると書かれていた。超能力が性の力と結び付いている事に私は驚喜した。と同時にこのチャクラについて私に説明した時、北村晴男は性的エネルギーに全く触れなかった事を思い出した。全裸のヨガ行者の図を眺めながら、私は性器の位置にあるムラダーラ・チャクラに何か性的な説明を期待したが、彼はただこのチャクラとクンダリニーとの関係を指摘しただけだったように思う。私は、北村晴男はどこか男性としての性欲を欠いているのではなかろうか、と思った。確かに彼はどこか中性的で、性別のない仏像を思わせるところがあった。この時の私には既に、自分と北村晴男との嗜好の違い、そして将来に於いて我々が別々の道を歩む事になるだろうという漠とした予感があった。私は小学四年の時には手淫を覚え、毎日のようにオナニーをしていたが、往々にして自分の性欲を持て余していた。もしオカルトと性とが無関係でないなら、その方向へと独自の舵を切る事は避けられない選択であると私には思われた。

私は右手でチャクラの名を記しながら、左手をズボンの中に入れて弄った。北村晴男は、こんな不埒(ふらち)な真似は絶対にしないに違いない。次々と本を手に取っていく内に、オカルトの概説本の一冊の中に私は驚くべき写真を見付けた。それは現代の魔女集会を写したものだったが、西洋の若い男女が手を繋ぎ、円陣を組んでグルグル回っており、その全員が全裸なのだった。この一枚のお陰で、この本は私にとって最も貴重な一冊となった。人間の性エネルギーを悟りに転化するタントラ・ヨガや真言立川流といった怪しげな流派も紹介されていて想像力が刺激されたが、何と言っても西洋の魔女というものが持つ圧倒的な魅力には敵わなかった。頭の中で「魔法使いサリー」のサリーちゃんの実写版が明滅し、全裸で魔女集会に参加するサリーちゃんとなった自分の姿を想像しながら握ったペニスを飛行機の操縦桿のように右や左に倒していると、突然椅子から跳ね上がって窓の外に飛び出してしまいそうなほど気持ち良い瞬間が訪れた。勃起したペニスを横に倒すだけで大きな快楽が得られるほどに、私は若く、体の中に精力が横溢していた。私は切実に、若く美しい魔女になりたいと思った。剃髪して出家し、禁欲し、修行に励んで善行を積み、僧侶として悟りを開いて終末を生き延び、極楽浄土に往生出来たとしても、それは絵柄として余り魅力的なものではなかった。北村晴男はこの道を往けばよい。しかしそれよりも、悪魔と契約し、氷のように冷たい悪魔のペニスに全身を刺し貫かれ、秘密の膏薬を塗った箒に跨がって空を飛び回る魔女の方が、絵としては圧倒的に素晴らしいと思った。

それから数日間、私はオナニーを控えた。予想通り異様なまでのエネルギーが体内に蓄積し、それは通り一遍のオナニーではとても解消出来ない巨大な欲望となって、瞬く間に機は熟した。

その夜、私は自室から窓外を見た。

夜空には月が浮かび、うっすらと青白い雲が掛かっていた。月明かりは周囲の雑木の天辺を照らすに留まり、その下は漆黒の闇だった。その暗闇は、サバトを開催するには格好の場所に思えた。まだオナニーを覚える前の小学校の低学年の頃から、私には家の外で裸になりたいという隠れた欲望を抑えられず、工事現場のトタン板の陰に隠れたりしながら、何度か密かにズボンとパンツを下ろしては興奮していた。家の周囲のこの雑木林は、そんな私に絶えず「こっちに来て服を全部脱いでしまえ」と呼び掛けて来た。それまでは闇の深さが私を怖じ気付かせていたが、魔女というキーワードによって新たな扉が開いた。私は雑木林の闇を凝視した。そしてこれは単なる雑木林ではなく、吸血鬼伝説で有名なルーマニアの暗い森だと考えた。もし私自身が魔女になったならば、森の闇は身を隠すに格好のものですらあれ、決して恐れる必要などない事になる。恐ろしい森を、自らが恐ろしい存在となる事によって味方に付けるとは何と素晴らしい発想だろうか。こんな事は、恐らく北村晴男には考えも付かないだろう。そう思うと、魔女になる企てが一層魅力的に思えた。本を置いて目を閉じ、右手でペニスを撫でながら、私は頭の中に自分好みの魔女の像を創り上げ、暗い森の中へと解き放った。魔女である私は森の中を自由に飛び回り、快楽に身を委ねる。一体魔女が契約を結ぶサタンとは如何なる存在なのか。少なくともサタンが男で魔女が女だとすれば、私は女になって犯されたいと願っていた事になるが、後年これと同じ言葉をダニエル・パウル・シュレーバーの『ある神経病者の回想録』という本の中に見出して暫し感慨に耽った。

「女であって性交されるならば、本当に素敵であるに違いない」

窓のカーテンを開けていたので、椅子に腰掛けたままオナニーをする私の姿は外から丸見えだった筈である。しかし近所には田代さんの家しかなく、それは私の部屋の窓とは反対の方角にあった。家の周りには平地が広がり、一面が丈の高い雑草に覆われている。その外側は雑木の森で、闇の中に沈んでひっそりとしていた。私はふとペニスを握った手を止め、窓外に目を凝らした。そして時計を見た。午後九時を少し回ったところだった。もうすぐ母が風呂に入りなさいと声を掛けてくるだろう。私は頭の中で自分の計画をシミュレートした。

風呂から出て歯を磨き、母にお休みなさいと声をかけると、私は再び自室に戻り、ベッドの上に寝転がってオカルト本を読む内にいつの間にか眠りに落ちた。ふと目覚めて時計を見ると、午前一時半だった。私は立ち上がって一旦全裸になると、その上にズボンとTシャツだけを身に着けた。そして自室を出ると、廊下に面した窓を開けて裸足のままベランダに出た。広いベランダは足裏にザラザラして、冷たかった。見上げると、月が真っ白に光っている。私は柵を跨いで越え、二階の庇（ひさし）から雨樋（あまどい）を伝って下に下りていき、簡単に地面に到達した。音に敏感な母の耳にも聞こえないよう、細心の注意を払って下りた。僅かな音しか立てずに済んだのは、何度かここを上り下りした経験があったからで、それはこんな寂しい場所に暮らす私の独り遊びの成果だった。

フェンスの柵を越えて、家の隣の広場に出た。足の裏に枯れ草や小石が刺さって痛かったが、痛みよりも興奮の方が勝った。ここ数日ずっと心の中を占めていた、雑木林の中で全裸瞑想をするという目標が今将に実現しようとしていた。私は広場を抜け、道路を横断して雑木林の中に入って行った。何度も探検していたので、地形は大体把握出来ていた。私は獣道を辿って斜面を上り、雑木の疎(まば)らな禿げた丘に達すると、ズボンとTシャツをその場で脱ぎ捨てて全裸になった。肩や胸や下腹を優しく撫でていくひんやりとした夜風が、巨大な解放感と興奮を齎(もたら)した。私は月明かりに照らされて青白く光る自分の皮膚を満遍なく撫で回し、屹立したペニスの先端を月の方向に向けながら激しくオナニーをした。私はこの時、間違いなく魔女だった。どこかから私を監視しているであろうサタンに、私は極力淫靡(いんび)な姿態を見て貰おうと努めた。私は普段は平凡な村の女に過ぎなかったが、実はこっそりと蟇(ひきがえる)や野兎と言葉を交わし、夜毎魔女集会に参加してはサタンとの間に淫乱極まる交わりをする人外の存在なのだ。射精の快感は腰が抜けて立っていられないほどで、口からは獣のような声が漏れ出て思わず前屈みになると、それは正に魔女が箒に跨がった姿勢そのものなのだった。私は間違いなく空を飛んだ。ペニスから放たれて宙を舞った精液は太腿に付着し、白く滑らかな「N」の形が描かれた。それは中村の頭文字でなくて何であったろう。私の名はサタンの名簿に登録されたのだ。

その精液を丁寧に指で拭い、口に含むと栗の花の切ない匂いが鼻から抜けて、嚥下すると喉にいがらっぽい感じが残った。その時、すぐ近くの雑木の中から「をっ」と声がした。私はギョクッとした。とても低く太い声だったからである。後になって、それはドバトかミミズクの鳴き声だったかも知れないと考えたが、その時は間違いなくサタンの声だと思った。私は仰天し、それと同時に幻想の世界から現実世界へと乱暴に引き戻された。こんな真夜中にこんな寂しい場所で全裸になって一体自分は何をしているのかと忽ち背中に寒気が走り「中村君、そこは魔界の巣や。一刻も早う逃げんと、悪霊に取り憑かれてまうで！」という北村晴男の声を聞いた気がして、嗚呼矢張り彼の往く道が正しく私の道は間違っていたのだと思うと、雑木の枝の奇妙な湾曲や風に揺れる葉のざわめき、どんなに目を凝らしても墨のように黒いばかりの雑木の奥の濃い闇などの全てに何か恐ろしい意味が隠されている気がして、怖くて仕方なくなった。足下のズボンとＴシャツを拾い上げて月明かりに翳すと、所々が茶色くなっていた。知らぬ間に足裏で踏み付け、土で汚してしまったらしい。部屋着の泥汚れの理由を母にどう説明すればよいのかと考え、私は途方に暮れた。穿く時に焦ってバランスを崩し、ズボンの裾を又しても踏んで更に汚してしまう。何とかＴシャツとズボンを身に着けると、そこに立っているのは単なる平凡な中学生の私に過ぎず、たった今自分が行った異常行為に対する後悔の念が沸沸と湧き起こった。一刻も早く普通の自分に戻りたい気持ちで胸が一杯になり、私はズボンのジッパーを開けて萎えたペニスを摘み出した。射精後のペニスをそのままにしておくと、尿道内に残った精液がやがて尿道口から染み出してズボンの内側を濡らし、乾くと生地がガビガビになる。どうしても小便で精液を押し流してしまう必要があった。周囲に気を配りながら待ったが尿意はなかなか訪れず、私は天を仰いで月に祈った。もう金輪際悪の道に迷い込むような真似はせず、北村晴男の導きに従って、彼と共に真面目な修行に励みます。腹筋に力を込めている内に、漸く膀胱（ぼうこう）から尿道へと尿が下りてきて、尿道口から少量の液が滴り落ちた。精液の残滓（ざんし）が外に排出された感覚があってホッとすると同時に、益々自分のした事が恐ろしくなってきた。さっきの「をっ」は一旦交わした契約を一方的に破棄しようとする者に対するサタンの警告であり、今将にその背信行為を為そうとしている自分に下されるに違いない大罰から逃げ出すようにして、私は大急ぎで雑木の森を駆け下った。背後から、巨大な闇が私を追って雪崩れ落ちて来るのが分かり、その闇に呑まれたら即死すると思った。

　必死になって駆け下りている内に、しなった枝が腕を強く打擲（ちょうちゃく）してきたり、地面から突き出した木の根を足裏が強く踏んだのが分かったが、痛みを感じている余裕はなかった。やっとの事で森から転がり出て道を横断し、雑草を掻き分けながら広場を疾走して家のフェンスにしがみ付いて懸命に攀（よ）じ登った。家の敷地に下り立つと口の中は松明を呑まされたようにカラカラになっていて、唾を飲み込もうとしたが一滴の唾もなく、私は激しく咳き込んだ。

その時すぐ側で「伸一か?」という母の声を聞いた。私は大声を上げそうになった。その瞬間私は、この最悪の局面を切り抜ける方法は只一つ、気が狂った振りをするしかないと思った。ただ狂う事だけが、私の正気を保証するであろうと。

見ると母の姿はなかった。母の声は空耳だった。そうと分かってても尚、自分の所行が母にばれている気がしてならず、雨樋を上る腕になかなか力が入らない。庇に手を掛けて懸垂し、ベランダの柵を摑んで体を引き上げる。足を滑らせたりして物音を沢山立ててしまい、異変に気付いた母が窓ガラスの向こうに仁王立ちしているに違いない気がして戻るのが恐ろしかった。しかしそこにも母の姿はなかった。窓を開けて家の中に入り、息を殺して窓を閉めると、今まで聞こえていた風の音や葉擦れの音、虫の声、犬の鳴き声、遠くの国道を走る暴走族の騒音などがピタリと止んで、鉄の塊のような沈黙が訪れた。静か過ぎて階下の母の寝息まで聞こえてきそうで、息を殺して自室に戻る。部屋の灯りを点けると、Tシャツとズボンの乾いた泥汚れが思った以上に酷く、裸になると腕や肩や腰には、擦り傷と蚊に食われた痕が沢山残っている。汚れた足の裏には左右それぞれに切り傷と刺し傷とがあって血が滲んでいた。顔にも傷があるかも知れないと思い、窓ガラスに映してみたがよく分からなかった。時計を見ると午前二時を回っている。無性にシャワーが浴びたかった。ミニ箪笥(たんす)に突っ込んでいたパンツを取り出して穿き、ティッシュペーパーを唾で濡らして足の裏を拭いているとチクッと痛い部分があり、見ると踵の辺りに小さな木の棘が刺さっている。数ミリの黒い影が皮の下から透けて見えていたが、全体がすっぽりと埋もれていてなかなか抜く事が出来ない。机の抽斗の中からコンパスを取り出し、針先で皮を穿っていると、木の棘の端が僅かに顔を覗かせた。針の先を木の棘の下に潜り込ませてみると、全体が持ち上がってくる確かな手応えがあったが、爪で摘んで引き抜くにはもう少し大きく皮を剥いて露出させる必要があった。針で皮を破る。木の棘の姿がまた少し現れる。爪で引き抜こうと試みる。更に針で皮を破る。この繰り返しに私は熱中した。やがて木の棘が十分にその姿を現し、爪でその固い先端を摘む事が出来た時、こういう生活上の具体的な営みこそが自分が本当に望んでいた事かも知れないと思い、サタンだの魔女だのを妄想して雑木林の中で全裸になっていた事が現実の出来事ではなかったような気がした。パンツを一枚穿いただけで、私はすっかりこちら側の人間に戻っていた。引っ張ると、木の棘は嘘のように抜けた。それをゴミ箱に捨て、汚れたＴシャツとズボンの埃を払って生地を丁寧に揉むと、泥は意外と簡単に落ちる事が分かって嬉しくなった。この作業を続けながら、私は明日から真面目に生きようと心に決めた。授業中はきちんとノートを取り、宿題もして、そして何より昼休みには元の仲間と一緒に弁当を食べようと思った。ふと、机の上の本立てのオカルト本に目を遣ると、それが何かとても汚らわしい物に見えて、北村晴男の受け口の顔や「ししし」という笑い方こそが呪われた邪悪な存在の徴だった事に気付いた。彼こそ悪魔の使いであり、私は彼に騙されて危うく恐ろしい魔界へと引き摺りこまれそうになっていたに違いない。さっきまでの私の狂態がその確たる証拠だった。私は我に返った。そして、五冊のオカルト本を本棚の一番下の段に移し、よく見えないように奥へと押し込んだ。

その時階下でトイレの水の流れる音がしたので私は仰天し、大急ぎで部屋の灯りを消してベッドに飛び込んだ。トイレは階段を下りてすぐの所にある。一体母はいつからトイレに入っていたのだろうか。暗闇の中で消えた灯りの丸い笠を凝視しながら全身を耳にする。すると母がトイレのドアを開けて外に出てくる音がした。私は母の足音が遠ざかってくれる事を祈った。トイレの水音が徐々に小さくなり、タンクに水が溜まる甲高い音が続いて、静かになった。しかし、廊下を歩く母のスリッパの音が聞こえない。母は階段の下にいてじっと二階を見上げているか、音を忍ばせて階段を上って来ているかのどちらかだ。私の部屋の灯りが点いていた事に母は気付いただろうか。自室の扉は閉じていたが、引き戸の隙間から光が漏れていたかも知れない。取り敢えず先にトイレを済ませてから、とうに眠っている筈の息子の様子を見に来るつもりかも知れない。トイレから出てきた時に灯りが消えていたとなれば、何か隠れて良からぬ事をしているのではないかと思われても不思議はない。ベッドから手を伸ばし、Tシャツとズボンを引き寄せ、いつもそうしているように軽く畳む。急に、部屋に入る前に窓を閉めただろうかと不安になった。閉めた筈だ。しかしクレセント錠まで掛けただろうか。全く覚えがなかった。気になり出すと、廊下やベランダに泥の足跡が残っているのではないかとか、窓ガラスに触れて泥を付けてしまったのではないかなどと不安はどんどん膨らんだ。ベッドから下りて引き戸を開け、廊下から階段の下を覗き込んでみた。母の姿はなく、足跡も残っていない。クレセント錠も下りている。私は一旦部屋に戻り、再びベッドに仰向けになった。蚊に食われた尻肉を掻くと色々な所が一斉に痒(かゆ)くなり、狂ったように掻いた。

　落ち着くと気怠(けだる)い眠気が訪れ、物凄く沢山の事を考えるでもなく考えながら眠りの淵へと落ち掛かった。私はまだ眠ってはおらず、両眼を開けて白い天井の微細な凹凸を見詰めていた。その時、上から何かにドンッと押さえ付けられた気がして、遥か遠くの地平線からこちらに向けて猛然と迫ってくる驟雨(しゅうう)か、もしくは蟻(あり)の大群のような音を聞いた。それは最初はとても小さかったが、瞬時に大きくなって私の体に体当たりした。その瞬間、体が動かなくなった。それが友達から聞いた事のある金縛りだという事はすぐに分かったが、そんな事が分かったところでどうにもならない巨大な恐怖に捕らわれた。部屋の中に確実に自分以外の何かがいる。サタンが来たのだ。私が契約を反古(ほご)にしたせいだ。サタンの姿を探して、私は唯一自由に動く目玉を痛いほどギョロギョロさせた。見たら死ぬかも知れないと思いつつ、見ずにおれない。すると足がどこかに吸い込まれそうになり、私は全身に力を込めた。吸引の力はどんどん大きくなり、少しでも力を緩めたなら忽ち向こう側の世界へ持って行かれそうだった。この恐ろしい綱引きは延々と続いた。気が付くと、自分の体の右側に何かがいる。

それは正座している女の後ろ姿だった。ピンク色のネグリジェを着ている。そんな女に見覚えはない。幽霊だと思った。同じオカルトでも、私は心霊現象には怖くて近付けなかった。もし霊の存在に通じていたなら、どうして深夜の雑木林に一人で分け入っていく事など出来ようか。しかしこの時私を訪れたのは、西洋のサタンでも魔女でもなく日本の幽霊だった。私は絶望的になり、霊によってあの世に引き摺り込まれてしまう事に全力で抗った。こんな形で消滅する事は、自分が望むものから最も遠い結末である。霊界、それは何と湿っぽく手垢の付いた世界だろうか。これ以上ないほどに全身に力を込めると、不意に両手の指先が動いた。一旦指が動くと、手首が動き、肘が曲がった。それに連れてネグリジェ女の影が揺れて霞のように消えた。体の上から重みがなくなり、私は自由を取り戻した。呼吸が楽になり、部屋の中の恐ろしい気配もなくなった。全てが嘘のようで、しかし今自分の身に起こった現象は圧倒的な現実感を伴っていつまでも頭を去らなかった。矢張り別の世界がぴったりとこの世に接していて、何かのきっかけで人は簡単にそちら側へと滑り落ちてしまうのだと思った。私は布団を顎まで引き上げ、まだ異様な余韻の残る部屋を恐る恐る見回した。日本の幽霊がネグリジェを着る筈がないのだ。ネグリジェ女はサタンが遣わした魔女だったと思い込もうとした。そして、膀胱が張り裂けそうだった。

私はベッドから出て引き戸を開け、尿意に勇気付けられながらこっそり階段を下りた。トイレに入り、音が立たないよう便座に腰を下ろして放尿する。こそばい感じがして太腿の内側を見ると、驚いた事に蟻が一匹這っている。妙に赤っぽい蟻だった。帰りそびれた、地平線からやって来た異界の蟻に違いない。私は指の腹で蟻を磨り潰し、粉にして便器の中に落とすと水を流した。トイレから出て洗面所で手と顔を洗った。現実感覚が戻ってきた。私は洗面所を出て居間に行き、暗がりの中、隣の母の寝室に目を凝らした。畳に敷かれた布団の上で、母が規則的な寝息を立てている。私は安堵した。踵を返した時、「何?」と声がした。

「トイレ」振り向いた私は即答した。

「ちょっとこっちに来」母が言った。頭を持ち上げ、こちらを見ている。私は躊躇した。

「来んかいね」もう一度母が言った。

私は仕方なく、母の元へ行った。母が上体を起こした。私は母の布団から少し離れて立った。自分の体に、外の匂いが纏い付いているのではないかと不安だったからだ。母の浴衣の前が開け(はだ)ていたが、しかしあるべき場所に胸の膨らみはなかった。乳房が浴衣の底へ垂れ落ちて隠れてしまうほど、普段姿勢の良い母が酷く猫背になっている。

「眠られへんの」私を見上げた母がそう言った。私に対して「眠られへんの?」と訊ねたのか、母自身が眠れないのかがよく分からず、私は黙っていた。母も私に返事を求めているように見えず、私の顔から逸らした視線を、掛け布団の上で組んだ自分の手の上に落とした。私は母が息子の事ではなく恐らくは父の事、そして自分自身の事を考えているに過ぎないと思った。こんなに寂しい山の中の家で夫の帰りを待ちながら独り寝をしている自分の姿をどうか記憶に留めておいて頂戴、と母は私に無言で要求しているのかも知れず、しかしそんな役回りは真っ平御免だった。すると母は私の心の声が聞こえたかのようにキッとこちらに向き直り、「お前、どこ行っとったんな」と訊いた。

暗闇の中、眼窩に沈んだ母の目が睨み付けている。

「どこも行ってない」

「嘘吐きなさい」

「ベランダに出て月見とった」

母の鼻の穴から太い息が漏れた。

「分かってんのやで」と母が言った。私は頭をフル回転させ、一体母がどこまで分かっているのか考えようとしたが、頭の中の歯車はどれ一つ嚙み合わずに空転し、もし本当にバレているなら明日からこの人とは一緒に生きていけないと思った。母はしかし、私が何をしたかには触れず、「父ちゃんはおれへんのやで。それをよう考えんかいね」と言った。私が「はい」と答えた後、長い沈黙が訪れた。母が両手で顔を覆った。見ると左手の小指が鼻の穴に入っている。頰杖を突いてテレビを見ている時などに、母の小指が第一関節まですっぽり鼻の穴に収まってしまっている事があり、それを見ると私は決まって自分の将来に暗雲が垂れ込めているような気がして、何度母に注意しようと思ったか知れなかったが一度も言えた例しはなかった。「それやめろ」と私は心の中で言い放った。立っているのに疲れ、体が前後に揺れ始める。母は項垂れている。目が開いているかどうかも分からない。もし眠っているのならすぐに部屋に戻りたかった。

「父ちゃんに言えんような事はせえへんと約束しぃ」突然母が顔を上げてそう言った。

「はい」私は答えた。

「母ちゃんがどんな気持ちで……」

　母はそう言い掛けて息を詰まらせ、そのまま布団に体を投げた。くるりと私に背を向け、わざとらしく洟を啜り始める。私は思いの外小さい母の背中を見下ろしながら、手を後ろに回して肩胛骨を掻いた。さっきから首や背中がこそばくてしょうがなく、それはまだ残っている蟻の仕業に違いなかった。蟻の事ばかりが気になり、何かを演じているらしい母の後ろ姿には殆ど注意を惹かれない。背中を掻くと蚊に食われた脚や腹も痒くなり、その場を立ち去りたい一心で私はもう一度「はい」と言った。しかし母は、深く被った掛け布団の中で苦しげな息を続けるばかりだった。眠気が襲ってきた。何度目かのわざとらしい溜め息の後で母の息が規則正しくなり、もういいだろうと判断して踵を返した時、背後に衣擦れの音がして母が何か言ったのが分かったが、何も聞こえない振りをして立ち去った。体を掻き毟りながら階段を上り、自室のベッドに倒れ込む。何という一日だ。

　私の中の幾つかの歯車は壊れ、回転はバラバラになった。大きな運命の力に圧殺されそうだった。外でドバトが鳴き、家の柱が軋んで爆ぜるような大きな音が鳴った。我が子に向かって母が「ヘンタイ」と言ったのだ。怖くて堪らなかった。永遠に夜が明けなければいいと思った。

真面目に生きようという決意も虚しく、一旦クラスの中で孤立してしまっていた私は北村晴男と一緒にいる以外の身の処し方を見出せぬままダラダラと二人の時間を持ち続け、オカルトへの興味も継続していた。弁当も相変わらず食べず、登校するとすぐに便所に流したり、袋に入れて廊下のダスターシュートに投げ入れたりもした。下校時に、以前に捨てた雑木林の場所をたまたま訪れた時、もう何週間も経過しているにも拘らず、雑草にこびり付いて干からびた残飯が黒く黴(か)びたまま弁当の痕跡をはっきり留めていた事に私は驚いた。何かを跡形もなく処分するというのは、実に至難の業なのだ。靴で散々蹴散らしても尚、バラバラに散らばった残飯の一つ一つに宿った母の顔がこちらを見ている気がして、私はズボンからペニスを摘み出してその全ての顔に小便をひっ掛けた。

或る日の休み時間に、私は北村晴男と一緒に教室の隅のカーテンに包(くる)まった。何故そんな事をしたのかは分からない。後から考えると、ぴったりと体を密着させた二人の男子生徒の影や、カーテンの下から覗いた四本の脚は、他の生徒の目には相当奇異なものに映ったに違いない。身長に差があったから、私の口の辺りに北村晴男の頭があった。私は彼の髪のメリットシャンプーの匂いを嗅ぎながら「この学校の奴らは全員死ぬんや、ししししし」という彼の言葉を聞いていた。

「北村君はどこまで修行進んでるん?」私は少しうんざりして訊ねた。

「三分の一ぐらい」と彼は答えた。

「凄いな」

「中村君は?」

「まだ全然あかん」

「何か出来るようになったん?」

私は少し間を置いてから、「念力をちょっと」と言った。

「ししし」

「北村君はもうテレポート出来るんか?」

「ししし」

その時、カーテンの外で女子生徒の声がした。

「北村君と中村君、そんな所で何してんの?」

副学級委員の大山田絵里子の声だった。ひょろりと背が高く、そら豆に似た顔の大山田絵里子は成績が良く、いつも品のある二人の女子を率いていたが、彼女達は皆我々のような変わった男子にも普通に声を掛けてきた。

「別に」私はカーテンの向こうの、顔の見えない大山田絵里子に言った。

「ちょっと変やよ」

平凡と良識の塊のような彼女は、どう間違っても決して魔女にはなれない人種の代表のような人間だった。私は北村晴男の顔から表情が消えている事に気付いて「出よか」と言った。我々はクルクルと回転しながらカーテンの捩れを解いた。その目は、カーテンの外に出ると、嘗て一緒に弁当を食べていた数人の男子生徒と目が合った。その目は、まるで理科の実験に失敗して発生させてしまった有害物質を見るような嫌悪と恐れに満ちていた。私は少し前までは彼らに混じって冗談を言ったり、ちょっと冴えた猥談も出来る普通の生徒だった筈だが、それがすっかり期待外れの、彼らにとっては正体不明の有毒物質に成り下がってしまったのだ。しかし大山田絵里子の目にはそんな冷たさは微塵もなく、プランターのシクラメンでも眺めるような瑞々しい眼差しで我々の顔を交互に見比べて、「変なの」と笑った。

彼女の横には西村京子と田辺沙織がいて、彼女達の目も温かく笑っていた。一体彼女達のこの慈愛に満ちた自然さは何なのだろうか。クラスにはゾッとするほど悪い目付きの女子生徒もいて、そういう連中は既に私と北村晴男とを教室内に存在しない人間と見做しているようだったし、不良連中も又同様だった。しかし大山田絵里子のグループだけは、自分達と変わらぬ人間として我々二人に接してくるところがあって、それがとても不思議だった。私はどうしていいのか分からなかったが、目の前の三人の女子に向けて何とかはにかんだ笑みを一つ返した。彼女達は互いに顔を見合わせて微笑んだ。しかしふと隣を見ると、北村晴男は虚空を凝視し、不機嫌な渋面を作っていた。何て失礼な男だ、と思った。彼はすぐにその場から立ち去って教室を出て行ったので、私は後を追った。去り際にちらっと見た彼女達の顔は変わらぬ笑みを湛えていて、私は大山田絵里子の顔だけはちょっと頂けないが、西村京子は本当に可愛いし、田辺沙織の昆虫を思わせる個性的な顔立ちも捨て難いと思った。そして北村晴男を追って廊下を小走りしながら、この三人に共通する一種の高貴さと気品といったものを是非とも自分の中に取り込まなければ、と思った。

「何やあいつら。気持ち悪っ」

追い付いた途端、北村晴男は私に向かって、まるで私を非難するかのようにそう吐き捨てた。彼女達の名誉の為に何か言い返さなければと思った時、チャイムが鳴った。我々は反射的に回れ右をして教室に引き返した。二人揃って全く同じ動きをした事はとても格好悪いと思ったが、中学生というのはチャイムに支配されているのだ。何の為に教室の外に出て来たのか分からなかった。北村晴男は本気であの可愛い三人を嫌悪し、一時的にでも物理的距離を置かなければ気が済まなかったのだろう。一体彼女達のどこに嫌悪すべき点があるのか。この点にも、彼の男性としての未熟さが現れている気がした。或いは修行のし過ぎによって、性差を脱落させてしまった中性人間なのか。一度でいいから、彼のペニスを見てみたい。もうすぐプールの授業が始まる時期だった。

我々はその日、学校が終わったら「桐山書店」で落ち合う事にした。「桐山書店」は、私が五冊のオカルト本を買った小さな本屋である。オカルト本は七冊に増え、本棚の最も目立つ中段に納まっていた。新しく買った本の中には、岩波新書の『魔女狩り』が含まれていて、北村晴男は絶対にこの本を持っていないという確信が私を喜ばせた。私は掃除当番だったので教室に居残り、彼は先に教室を出た。ところが掃除が終わって昇降口に向かうと、校舎を出たばかりの北村晴男の後ろ姿を見た。私はその時、何や、愚図やないかと思い、靴を履き替えながら一つの計画を思い付いた。私は正門を出ると北村晴男に気付かれないように脇道へと逸れ、いつもの通学路に平行して延びる裏道を本屋を目指して一生懸命走った。「桐山書店」に着くと私は呼吸を整え、高くて買えないので少しずつ立ち読みしている『ヒマラヤ聖者の生活探求』を本棚から引き抜いた。北村晴男が到着すると、私は本の頁からゆっくりと顔を上げて彼の方を見た。彼の微かな表情の変化は、親しく付き合ってきた人間にしか分からない微妙なものだったが、私はそれが驚きの顔であるのが分かって満足した。まさか私がテレポートしたとは考えなかったと思うが、彼は少なくとも私が何故自分より早く本屋に着いているのかという疑問を抱いたに違いない。私にはそれで充分だった。

何がテレポートだ。

帰宅してシャワーを浴びた。冷水を浴びつつ「オウム」という真言を唱えるのが私の入浴時のルーティンの一つだった。そろそろ何らかの超能力が身に付いたかも知れないと思い、家の仏壇の抽斗から蠟燭（ろうそく）一本とマッチを失敬し、自室で結跏趺坐をしてその炎を見詰めながら右に靡(なび)けと長い間念じてみたが、炎は全く動かなかった。一度だけ微かに炎が左に振れた瞬間があり胸が躍ったが、それは階下の母がどこかの扉を開けた直後の事で、家の中の微妙な空気密度の変化が齎(もたら)した在り来りの物理現象に過ぎなかった。瞑想やプチ断食、あろう事か「守護霊様、どうか超能力をお与え下さい」と念じすらして私は自分なりの修行を試みていたが、北村晴男と知り合って二カ月以上経っても翌日の天気すら当てられず、次第に自分のやっている事が馬鹿らしくなってきた。北村晴男にしてからが、彼の弁によれば「並々ならぬ修行」を二年間も継続していたにも拘らず、相変わらず理科教師に指されて答えられずに耳を真っ赤にしている有様である。寧ろ私には、テレポートなどより遥かに、彼を出し抜いて一足早く「桐山書店」に到着出来た自分の俊足の方が誇らしかった。確かに北村晴男の言うように人類は遠からず滅亡するかも知れなかったが、もしクラスの中で彼と私だけがヒマラヤにテレポートして生き残り、西村京子も田辺沙織も大山田絵里子も皆死んでしまったとすれば、そんな人生に果たして意味などあるだろうか。第一、ヨガや仏教の本には必ず正しい心の在り方が説かれており、慈悲や惻隠(そくいん)の心を持つ事の重要性が強調されていた。自分だけが助かれば良いなどという考えは修行を妨げこそすれ、超能力の修得に資する事はまずあるまいと思われるのに、北村晴男は「こいつらは全員死ぬんや、ししし」と毎日のように私に耳打ちするのだった。

　或る日の昼休みに机に向かい合って北村晴男と話していると、少し離れた場所にいた大山田絵里子が、弁当を頬張りながら話し掛けてきた。彼女と一緒に食べていた西村京子と田辺沙織も、こちらを向いた。

「北村君と中村君は、お弁当ないのん？」

わざとそっぽを向いた北村晴男に代わって、私は「うん」と答えた。私の弁当は、ずしりと鞄の中に収まっている。「お握り一個ずつあげよか？」と言いながら、彼女は自分の弁当箱の中身を我々に示した。見るとそこには海苔の巻かれていないお握りが数個入っていて、惣菜も茶色中心で、それは私の冴えない弁当と大差なかった。不味そうな弁当を堂々と示しながら、しかもそれを我々に差し出そうとする彼女の態度には悪びれた所が少しもなかった。

「いい」

「私は構へんねんよ」

「有りがと。でも要らんから」

すると大山田絵里子は「そう」と言って、西村京子と田辺沙織の方に向き直り、何事もなかったかのように女子トークの続きを始めた。北村晴男は「けっ」と吐き捨てると、机の下に手を伸ばして、御祓いでもするように密教の印を結び始めた。私はこっそりと彼女達の方を盗み見た。西村京子と田辺沙織の弁当は遠目からも華やかな彩りであったが、大山田絵里子の弁当は本当にくすんでいた。それは私の母と同じく料理センスのない人間が作った代物なのは明らかだったが、大山田絵里子はそれを全く恥ずかしいと思ってはいないのだった。

その天晴れな彼女の態度が、私の心にじわじわとボディブロウのように効いてきた。私は自分が間違っていたと思い、明日からはたった独りで食べる羽目になったとしても昼休みに弁当を食べようと心に誓った。ふと見ると、顎を突き出しながら半眼になってマントラらしきものを唱えている北村晴男が、心の底から馬鹿に見えた。私は師とすべき人間を間違えたのかも知れない。

曇天の日の午後、その年度最初のプールの授業があった。初めて目にする北村晴男の水着姿は全体的に貧弱な上に、子供のような少し出っ張ったお腹と細い四肢とがどこかアンバランスで、密かに妖艶な感じをイメージしていた私はがっかりした。ソ連軍に捕らえられた宇宙人のようなのだ。その宇宙人は体毛を剃られた猿だという説もあったが、彼の姿は猿よりもずっと宇宙人ぽかった。それも美しく聡明な金星人ではなく愚鈍な土星人なのだ。私は一体、彼の裸体に何を期待していたのだろうか。予想通り北村晴男は泳ぎが下手で、顔を水に浸ける事すら出来ず、クロールは抜き手だった。まるで溺れ掛けているかのような彼の泳ぎを眺めながら、私は深い失望に捕らわれた。親しい友人のその無様な姿は母の弁当よりも恥ずかしかったが、しかし見捨てるわけにはいかなかった。私はこの日の昼休みから、再び前の仲間と一緒に昼食を食べるようになっていた。恥ずかしさに対する向き合い方に、変化が生じていたのだ。プールの自由遊泳の時間になると私は真っ先に彼に近付いて「力を抜くと自然に体が浮くから、手で水を掻くだけで前に進むよ」とアドバイスした。しかし北村晴男はプイと向こうを向き、水を掻き分けながらずんずんと私から離れていった。彼の頭の中が「死んでいく人間達の基準に合わせてなどいられるか」という考えに充満しているのが手に取るように分かった。しかしその背中には無理な強がりが漲って（みなぎって）いて、如何にも「引かれ者の小唄」という感じがした。敗者の哀しい調べ。ゴミ収集車の「エリーゼのために」が頭を過った（よぎった）。クラスの者達が、近付いて来る北村晴男を次々と避けていった。彼はまるで、油の張った水に落ちた一滴の洗剤のようだった。勿論彼に目的地などなく、ただ闇雲に歩き回っているだけなのだ。それは、目的が分からないまま只世界の終わりを生き延びようとする彼の在り方そのもののようにも思えた。

私は一目見てみたいと願っていた彼のペニスに対する興味を既に失っていたが、授業が終わって更衣室で着替える時、何故かそれを見てしまった。彼の腰に固く巻かれたバスタオルが、まるで彼の羞恥心を嘲笑う（あざわらう）かのように、身悶えしながら水泳パンツを脱ぐ彼の体から呆気なく床に落ちたのである。パンツを穿こうと前屈みになっていた私の目の前に、腰を引いて股をぴったり閉じた北村晴男の無毛の下半身が突如現れた。股の谷間に挟まれたペニスは殆ど見えないほどに小さく、その姿は中二男子と言うより小学生女子に近かった。無表情を装いつつ、私はこの稀少画像を瞬時に網膜に焼き付けた。この時、既に多少の陰毛を生やしていた私にとって、北村晴男の無毛の恥骨は何故か女性性の象徴のように思えた。目にも留まらぬ速さでバスタオルを拾い上げて腰に巻き直す北村晴男は「ししし」と自嘲の声を発しながら、受け口の顎を突き出して下の前歯を覗かせている。深海魚を思わせるその顔よりは自分の顔の方が幾分整っているかも知れないと思う反面、私は彼を前にするとどうしても男性としての自分を意識させられてしまい、月の光の下でなら、宇宙人のような彼の姿も艶めかしく妖しい魔女のように見えるのではないかと羨ましく思った。

昼休みに弁当を再開した理由の半分は大山田絵里子に感化されたからで、残り半分は成長期の空腹感に耐えられなくなってきた為だった。鞄の中から弁当箱を取り出し、「やっぱり元のように、みんなと一緒に弁当食べる事にする」と文庫本を読んでいた北村晴男に言うと、彼は頁から目を離さず「勝手にしたらええやないか」と言った。以前一緒に食べていた仲間の小さな島に行き「また一緒に食べていい？」と訊いた時、彼らは一様に無言で頷いた。意外と簡単に元の鞘(さや)に収まる事が出来てホッとして、ひょっとすると今日の弁当は少なくともいつもよりは華やかなんじゃないかという根拠のない期待が湧いたが、蓋を開けると目の中に白と焦げ茶のツートンカラーが飛び込んできた。三浦が「今日からプールやからなあ」と言った。一瞬何の事か分からなかったが、昼飯抜きでは午後のプールは体力が持たないという意味らしかった。

「そやな」

「相変わらず肉多いな」

私は、三浦に弁当の彩りの悪さを皮肉られたと感じて、耳を赤くした。私は返事をせずに黙々と食べ始め、暫くしてふと彼の方を見ると、弁当箱にゴロンと転がった焼け焦げた鯖を詰まらなさそうに箸で突いている。彼の鞄には穴が開いていて、制服のズボンの膝はもう長い事擦り切れたままだ。私は三浦の方を向き、自分の弁当箱を持って彼に見せ「良かったら肉あげるで」と言った。

「要らん」彼は答えた。

「僕あんまり食べへんから」

「うるさい」

会話はそれで終わってしまった。私は自分を大山田絵里子に見立てて弁当を食べていたから、三浦のこの無下な反応に対しても心の中で「そう」と言っただけで、自分でも意外なほど簡単に受け流す事が出来た。寧ろ、少しでも大山田絵里子の素朴さを演じられて嬉しくすらあった。他の仲間はテレビアニメの話やプロ野球の話をしていたが、私も三浦もそういう話題には疎く、何か訊かれても極く簡単な言葉で応じるところも共通していた。思えば私と三浦はこのグループの中で冴えない弁当を食べる二人組として孤立していたのかも知れず、そんな三浦を長い間独りにしてしまった事が申し訳ない気がした。三浦は貧しさから、私は貧しくはないが母のセンスのなさから、大山田絵里子は恐らくその中間にあってそれぞれに冴えない弁当を持たされ、集団生活を強いてくる学校での昼休みを乗り切らねばならなかった。それぞれの家庭事情、それぞれの容姿、学力、体力、運動神経、会話のセンス、全てが比較の対象となる学校という場所。何故こんなシステムが存在し、問答無用にその中に自分が組み込まれなければならないのか分からなかった。我々はこのシステムの中で揉まれながらやむを得ず自分の欠点や弱点をやり過ごす術を身に付けていくしかなかったが、その中で適応に失敗したり、間違った身の処し方に縋り付いてしまう者も少なくないに違いない。わざと周囲に突っ慳貪に振る舞う三浦も、クラス全員が死んで自分だけが生き残ると妄信する北村晴男もその手の不適応者であると思われた。そんな中で大山田絵里子は最も自然体であるように映ったが、その女性性まで取り込んで彼女に成りきろうとしている自分は、果たして適応出来ていると言えるのだろうか。

　私はこの後、三浦という級友をじっくり観察するようになった。以前から、彼が陰で何か良からぬ事をしているような気はしていたが、観察する内に、彼という存在を中心にクラスの枠を超えた不良連中のネットワークが出来ている事が分かってきた。三浦は一見孤立しているように見えて、実は不良仲間達に必要とされる存在だったらしい。尤も、だからと言って彼が孤独でなかったとは言い切れない。或る日、階段の踊り場で三浦が国吉に何かを渡しているのを見た。国吉はその時明らかに、茶色い紙袋を受け取る代わりに三浦に金を摑ませていた。プールで私を殺しかけた時より卑屈の度合いが増した分、国吉の人相はより一層悪くなっている気がした。紙袋の膨らみと重みの具合から、私にはすぐに中身の見当が付いた。

人相の変化には、恐らくそのせいもあるのに違いない。

　母はあれ以降あの夜の事を決して口にしなかったが、父が不在の間に息子がこれ以上異様な方向へと逸脱していかないよう常に監視している風だった。居間のソファで居眠りしていてふと目を覚ますと台所の壁の陰から半分覗いていた母の顔がふっと引っ込んだり、自室の本棚のオカルト本の位置がズレていたり、洗面所の洗濯機の側の棚の隅に、あの夜私が服に付けて持ち帰ったに違いない草の断片と少量の土とがずっと置いてあったりする。私は家では努めて大人しくしていたがオナニーだけは止められず、ある日風呂場でシャワーを出しっ放しにしながらペニスを擦っていると恐ろしい殺気に鷲掴(わしづか)みにされ、振り向くと磨(す)り硝子(がらす)の向こうにモザイク模様の母の立ち姿が霞んでいた。即座にシャワーに頭を突っ込んで洗髪している振りをし、再び振り向くと母の影は消えていたが、萎えたペニスは元に戻らず私は憤然とした。行為の最中に頭の中にあったのは大山田絵里子で、彼女を意識するようになって以来密かに観察して得た情報が脳の中に渦巻いたまま、なかなか鎮まらなかった。それは健康的な爪を持つすらりとした手指であり、足首へと形良く窄(すぼ)まっていく真っ白な脹ら脛であり、そして何よりも思わず口に含みたくなるような滑らかな形の足指だった。彼女の顔が空豆である事に変わりはなかったが、全く飾らない素朴な人柄と知性とがそれを補って余り有った。西村京子や田辺沙織は勿論魅力的だったが、彼女達の弁当は華やか過ぎた。教室で母の弁当を広げても尚、私が自分を女性と見做しながら食べ続ける事が出来るモデルは大山田絵里子をおいて他になかった。その気で探せば、彼女にも女として魅力的な部分は沢山あり、私は学校でも家でも、心の中ではすっかり大山田絵里子として生きた。従ってオナニーの時、私の口からうっかり彼女としての嬌声が漏れていたかも知れず、母にその声を聞かれなかったか気になってしょうがなかった。

私は雑木の森にあの夜以来近付かなかったが、「玉子買うて来て」と母に言われて家を出た休日の午後、そこにさしかかると急に一陣の風が吹いて砂煙が舞った。その直後、暑い日差しに耐えていた木々が風に揺れ、ざわざわと音を立てた。その時雑木の森が「またおいで」と言ったので、私はよく見えるように大きく首を横に振り「暫く無理や」と答えた。一旦御辞儀した枝々は、再び元の姿勢に戻って何事もなかったように沈黙した。雑木の森に背を向けて、私は「田代商店」へと歩いて行った。この頃にはもう坂の上の住宅街の中にミニスーパーが一軒建っていたが、我が家は貰い水のお返しに、せめて玉子だけでも田代さんの店から買う事にしていた。細い坂道を上り切って店に入るとラジオが流れていて、いつものように田代の婆さんが船を漕いでいた。外見は「白雪姫」の魔女そのもので、私の足が板敷の床を踏む気配を察して、眼窩の奥の目玉がカッと見開かれた。白目が黄色く濁っていて、眼球全体が涙に覆われている。きっと私の像も歪んで見えているに違いない。

「こんにちは」

「はぁ？」

「こんにちは」

「ああいらっしゃい」

「玉子六つ下さい」

「はいはい」

再生紙で出来た灰色の玉子ケースに、段ボール箱の中から玉子を一つ一つ取り出しては入れていく。その緩慢な手付きを眺めながら忍耐強く待っているのが私の常で、田代の婆さんの爪は恐ろしく長く、玉子を摑むと玉子の殻と爪とが接してカチャカチャと無機的な音を立てた。彼女には、中指と親指の爪とを重ねてパチパチと弾かせる癖があり、母はこの音を極端に嫌っていた。私は耳が遠く総入れ歯の田代の婆さんにも女としての魅力があるかどうか探してみたが、八十歳は超えているであろう彼女に具体的な美は見出せなかった。しかしちょっと顔を傾けて笑う仕草などに、年齢を超えた女性性は確かに存在すると思った。玉子ケースの入ったレジ袋を提げて坂を下り、雑草の広場を歩いている途中でポッポッと雨が降ってきた。季節はまだ梅雨だった。家に戻ると母が玄関にいて、姿見に体を映して髪の毛に手を遣りながら「ちょっと出掛けてくるで」と言った。私は母に釣り銭を渡しながら、心の中で狂喜した。普段着のままだったから遠くに行くわけではなさそうだったが、少なくとも一時的に母の監視下から解放されるのである。傘をさして母が家を出ると、玉子を冷蔵庫に入れて私はすぐに二階の自室に上がり、窓から母の姿を探した。母が見えなくなると納戸に移り、納戸の窓から見渡した。母は向こうの坂道を行かず、さっき私が下りてきたばかりの「田代商店」の脇の坂を上って行くようだった。遠くに見る母の後ろ姿は、周囲の雑草が伸び放題に伸びている事もあって普段よりずっと小さく見え、まるで傘が歩いているようだった。

　私は母の姿が消えたのを確認するや、押入を開けた。段ボール箱には二つのビニール袋が隠してあり、一つには丸まったティッシュペーパー、もう一つにはラッカー薄め液の小瓶が入っていた。私は新しいティッシュペーパーに小瓶から液を染み込ませてビニール袋に入れると、自分の鼻と口を宛がって呼吸した。最初は少しずつ吸引し、やがて深呼吸に移行する。と、突如あの四肢が蕩けるような快感が訪れた。こそばいようなその心地良さは忽ちペニスを勃起させ、頭の芯に達してあらゆる暗雲を薙ぎ払った。夜に限って吸引していたものが、この日初めて日の高い時間に行った。塗装工の父を持つ三浦が、家の物置からシンナーをくすねては不良達に売っているらしいと知り「吸うとどんな感じなんや？」と訊いた。「金は次からでええからまずやってみ」と彼は言った。三浦から貰った小瓶の中身は、この一回で底を突いた。私は惜しむように、ビニール袋の中に充満した毒を胸一杯に吸入し続けた。私にとってこの遊びは不良達には勿体ないほど、意識の変革という点で実に知的な秘儀に思えた。日常性の頸木から解放された私の精神は、箒に跨がって空を飛ぶ魔女達はかくあったであろうと思われるほど高く空を飛んだ。肉体はバターのように溶け、世界は輝くような意味に満ちた。窓を打つ雨粒は愉しげに歌い、壁や天井は波打ちながら笑い、本棚の本は膨らんだり縮んだりして踊りながら、それぞれに私の存在を祝福した。私はズボンとパンツを下ろし、膨らんだペニスを握り締めてオナニーし始めた。この時ばかりは、自分の事を大山田絵里子ではなく西村京子だと思う事も可能だった。出来ない事は何一つない。だが絶頂の瞬間に思い浮かべたのは、西村京子ではなく、どこか蟋蟀（こおろぎ）を思わせる田辺沙織の顔だった。彼女の声で「伸一君……」と言いながら私は果てた。


「あれが又欲しいんやけど」

翌日の休み時間に、私は不良仲間の元から戻って来た三浦にそっと耳打ちした。

「ええで。もっとでっかい瓶持ってきたる」

「うん」

「二千円やで」

「分かった」

オカルト本を買い過ぎて私には金が無かったが、何とかなると思った。チラッと見ると、いつものように北村晴男が背筋を伸ばして読書している。私は、我が道を往くのだと自分に言い聞かせた。家に戻って手持ちの小遣いを数えると、六百円ほど足りない。私は母が風呂に入っている隙に居間の壁の埋め込み式の本棚の扉を開け、父のバインダーを取り出した。

開くと古銭が入っていて、その中から五百円札一枚と百円玉一枚とを抜き取ってバインダーを本棚に戻した。翌日の放課後に三浦に金を渡すと、「古い金やないか」と言いながらも、彼は紙袋に入ったずしりと重い瓶を渡してくれた。私は、これだけの量があれば、ヒマラヤへテレポートする事すら可能だと思った。

それから二週間、私はシンナー浸けになった。三浦からは更に二本追加注文した。最初は僅かな量でハイになっていたものが、次第に分量を増やさないと飛べなくなり、最終的には小さなビニール袋では追い付かずにゴミ袋を使うようになっていた。大量に吸った翌朝には、目覚めると頭がガンガンし、首の後ろに鉛の棒を突っ込まれたような気がした。或る日曜日、母が出掛けた留守に吸引し、フラフラになっている所に階下の電話が鳴った。私は慌ててゴミ袋とシンナーを押入に突っ込むと、電話に出て応対した。それから自室に戻り、ベッドに仰向けになってぼんやりしていると、突然自分が電話で何を喋ったのか全く覚えていない事に気付いた。私は間違いなく電話に出て何か話した筈だったが、自分が階下に下りた記憶も、相手が誰だったかの記憶もまるでない。私は激しい空腹を感じた。何か食べればこんな記憶障害は簡単に治る、という確信が突然胸に満ちた。飛び起きて机の抽斗(ひきだし)を開けた途端、「田代商店」で売っているジャムパンの事しか考えられなくなった。喉から手が出るほどジャムパンが欲しい。あのパンの中のぽっかり空いた空洞にじっと身を潜めた、浜辺に打ち上げられた水海月のような赤いジャム。シンナーの吸い過ぎで舌が麻痺して物の味もろくに分からなくなっていたにも拘らず、ジャムパンの味の誘惑を振り切る事は不可能だった。抽斗の隅にあった、父のバインダーから盗んだ数百円をズボンのポケットに突っ込んで納戸に行き、窓から「田代商店」の方角を見た。しかしその途端、忽ち気持ちが折れた。今から階下に下りて行き、玄関で靴を履き、家から出てあの坂を上り、「田代商店」で耳の遠い田代の婆さんに言葉を掛け、お金を払ってジャムパンを買い、再び坂道を下って帰って来る事、それは山を動かすよりも大儀な事に思えたのだ。私は激しく逡巡した。そしてじっと窓の外を恨めし気に眺めた。とても買いに行けそうにない。私の頭はもうすっかり麻痺していて、真っ直ぐ立っている事すら覚束なかったのである。そしてふと見ると、手の中にジャムパンがあった。それは「田代商店」の陳列台の上に、いつも餡パンと一緒に並べられているジャムパンに間違いなかった。私は反射的に袋を開けて齧り付いた。舌は殆ど利かなかったが、鼻孔にジャムの匂いが抜けていった。体の中のどれかの臓器が喜んでいるのは分かったが、それが胃なのか食道なのか脳なのか判然としない。私は何かに命じられるようにして、機械的に食べた。いつの間にか私は「田代商店」まで行き、田代の婆さんにお金を払い、ジャムパンを買って帰って来ていたのである。その記憶は全くなかった。ひょっとすると私は、望む物を瞬時に手に入れる魔法のようなものが使えるようになったのだろうか。そう考えた方が寧ろ、田代家の横の急坂を上り下りしたり、田代の婆さんと言葉を交わしたりしたと考えるよりも遥かに現実味がある気がした。

　夕食は苦行だった。私は絶えず自分の口からシンナーの匂いが漂っているのではないかと恐れ、母の前では兎に角口の中に食べ物を入れてからでないと、何も喋らなかった。

「夏休みにT県の父ちゃんの所に行こう思うんやけど、どない？」その日の夕食時に母がそう言った時、私は笹身に唾液を吸い取られながら懸命に顎を動かしている最中で、喉の奥から立ち上ってくるシンナーの匂いと戦っていた。何度目かの吐き気が込み上げた。

「ほんま？」

「ほんまや」母の顎が二重になった。私は嬉しそうな表情を作り、一瞬母と目を合わせたが、自分が実際にどんな顔をしているのか見当も付かなかった。噛んでも噛んでも笹身は小さくならず、永遠に飲み込めない気がする。

「伸一、何かシンナー臭いで」

　私はギョクッとして母を見た。母の顔は、力強く笹身を咀嚼し楽々と嚥下する事を繰り返していて、何かを喋った形跡はない。油で炒めただけの皿の上の笹身はプラスチックの工業部品のように見え、首の中の鉛の棒がギュッと太くなった気がして、そのままテーブルの上に突っ伏して気絶してしまいたかった。

「夏休みの宿題、出来るだけ片付けときや」

「分かった」

会話の声は、まるで水の中で聞いているかのように遠かった。もう何度も考えた事をこの時も思った。もう金輪際シンナーは吸わない、と。平然と笹身が食べられる健康的な母と、いつも自然体でいられる大山田絵里子の像とが重なって、自分が平凡な世界と如何に遠く隔たった地獄の底にいるかを思い知った。笹身が私を苦しめ続けていた。どうしてこんなに苦しい目に遭わなければならないのか。全ては北村晴男のせいだ。しかしその北村晴男にしてからが、弁当を食べないだけで、今の私に比べれば遥かに健康的な生活を送っている。彼はきっと一生魔女やシンナーなどに興味を示さない。変わっているようでいて、少しも逸脱したところがない凡庸な精神体なのだ。その一方で、三浦を恨む気持ちは不思議と湧いてこなかった。三浦と私とでは、元々住む世界が違う。そんな彼の世界に不用意に首を突っ込んだ自分の方が悪いのだ。不良という在り方は一つの定型であり、三浦もその端くれだとすれば、彼は理解可能な人間だった。彼に限らず、クラスの不良連中は外部から見ても大変分かりやすく、自分達のルールに忠実で型に嵌まっている。型に嵌まっていないのは、私だ。行動に全く脈絡がない。嗚呼、頭が割れそうだ。目を閉じて下を向き、脳の血管がズキズキと脈打つ痛みに耐えた。それから口の中の笹身を呑み下し、視線を上げると母がじっと見ていた。

「何？」

「聞いてなかったんか？」

私は黙った。

「西野さんから電話なかった?」

私は反射的に首を横に振った。母は「ほうか」と言い、味噌汁を啜った。こめかみがドクドクする。一刻も早く自室のベッドに倒れ込みたい一心で、私は残り二本の笹身を蛇のように丸呑みしようとした。すると茶碗の中の、蛍光灯に照らされた米の一粒一粒が、首を捻って心配そうに私の口を見てきた。一斉に、一糸乱れず見てきたのである。

「蛆虫(うじむし)を針に掛けるんや」

きらきらと午後の陽の光を反射する川面。私は、以前父と川釣りをした時の事を思い出した。父が差し出した箱の中には大鋸屑(おがくず)まみれの蛆虫が何匹も蠢(うごめ)いていて、とても気持ち悪かった。恐る恐る一匹を摘み上げて釣り針で刺すと、皮の破れ目から漏れ出た体液で指がネチャネチャした。私はその蛆虫を箸で摘んで口に入れた。そして舌と上顎とで押し潰し、奥歯で噛み潰すと蛆虫は「をっ」と微かな声を上げた。私は更に食べた。噛むほどに次々と「をっ」「をっ」「をっ」が連なって、それらは響き合い、増幅して次第に大きな「をっ」になった。心臓が高鳴った。見ると母が椅子から弾かれるようにして立ち上がり、どこかに行ってしまった。私は箸を落とし、去って行く母を見送った。母は見る間に地平線の果てまで遠ざかり、芥子粒のように小さくなって消えた。母が消えた。明日から弁当がなくなる。すると、ザザザと音がして、地平線一杯に広がった黒い帯がこちらに向けて猛然と疾走してくるのが見えたと思った途端、それはすぐ眼前まで迫っていた。一匹残らず母の顔を持った人面蟻の大群で、触手と顎を盛んに動かしながら三角の顔を左右に振り、「西野さんから西野さんから西野さんから電話が電話が矢ッ張り矢ッ張り矢ッ張りあった矢ッ張りあったたんんんんやないにょっ?!」みたいな事を言っていた。つまりはたった今西野さんから西野さんから電話があって、それに出た出た出た母は、その西野さんから昼間に昼間に昼間に電話した時に私が私がつまりは息子の伸一がつまりは息子の伸一が西野さんからの電話に出て電話に電話に電話に出て出て出てッ下さいお母さん、お母さんが帰って来たらお電話頂きたいと伝えて伝えて思いを伝えてそれが息子に思いが伝わっていなかったと西野さんは西野さんはだから夜になって夜夜夜夜になってからもう一度電話を母に電話を母にしてしまったのが運の尽きです西野さん。

気が付くと、朝になっていた。私はベッドの上で目を覚ました。夕食後の記憶は殆ど残っておらず、夕食そのものも夢かも知れなかった。頭が割れそうだった。上体を起こしてベッドから両足を下ろした時、私は床の上を見て仰天した。そこにはティッシュペーパーと、ゴミ袋と、空のラッカー薄め液の瓶とが散乱していた。利かない鼻で息を吸うと、部屋はシンナーの匂いに満ちている。私は性懲りもなく、昨夜もシンナーを吸ってしまったのだ。大慌てでティッシュペーパーを掻き集め、瓶と一緒にゴミ袋に容れて口を固く結び、押入の段ボール箱の中に突っ込んだ。そして窓を全開にして、鞄の中から取り出した下敷きで懸命に扇いだ。しかしどんなに扇いでも、部屋に充満したシンナー臭さは一向に薄まらない。時計を見ると、あと五分で目覚ましが鳴る。目覚ましが鳴って更に五分経つと、下から母が私の名を呼ぶ。つまり私は十分後には階下に下りて顔を洗い、母のいる居間で朝食を食べなければならないのだ。そして今から三十五分後には、いつものように家を出る。母は私が学校に行っている間に、間違いなくこの部屋に入るだろう。このままでは匂いによって絶対にばれてしまうに違いない。その絶望的な見通しに、べそをかきそうになった。その時、この匂いは部屋の中の匂いではなく、自分の鼻の中の匂いなのではないかという考えが浮かんだ。確かに最近の私は、どこにいても鼻で息をする度にシンナーの匂いを感じる。窓から身を乗り出して息を吸ってみると、外の空気にもシンナーの匂いがした。これは部屋の匂いではないと確信した時、「をををををっ」という声がして私は飛び上がった。目覚ましが鳴ったのだ。私は目覚ましを叩き切った。目覚ましをセットするというまともな自分が、少なくとも昨夜には存在していたとしても、まともなだけであった筈がない。昨夜の自分が何か取り返しの付かない事をしなかったかどうか思い出そうとしても、頭の中にはどんな記憶の欠片も存在しなかった。見ると机の上にはオカルト本が何冊も開かれたままになっていて、ノートには意味不明の殴り書きがあった。「わたしはおーやまだよ、伸一くんが好きなの」などと書いてある。私はノートを閉じて抽斗の奥に叩き込み、引き戸を開けて廊下に出ると、窓が開いていないか確認した。窓は閉まっていたが、ハッとして足の裏を見ると薄汚れていた。まさか又雑木の森に行ってしまったのではなかろうかと、巨大な不安に押し潰されそうになる。すると階下で音がして、「伸一、起きてるんか？」と母が言った。見ると階段の下で母がこちらを見上げている。「今行く」と答えて、私はそっと腕に付いていた草の欠片のような物を摘み上げた。

学校で、弁当を食べた後に机に突っ伏して寝ていると、谷底に落ちる夢を見て思わず足を突っ張った。その時机を蹴ってしまい、大きな音で目が覚めた。見ると何人かの生徒がこちらを見て笑っていて、その中に大山田絵里子もいた。彼女は副学級委員の仕事として、教室の後ろの壁に掲示物を貼っているところだったが、その立ち姿は窓からの日差しに包まれて、寝ぼけ眼に女子修道院の修道女のように神々しく映った。よく見ると矢張り顔は空豆だったが、一体空豆のどこが駄目なのか。その瞬間、今朝ゴミ袋を押入の段ボール箱の中に入れ忘れた事を思い出して私は慄然とした。この瞬間までは確かに入れたと思っていたが、しかし思い出せば思い出すほど、部屋の床に置きっ放しにしたゴミ袋の残像が鮮明に思い浮かんでくる。

「中村君、お早う」と大山田絵里子が私に言った。それに釣られて、離れた席にいた田辺沙織が「おは」と言って魅力的な笑みを浮かべた。西村京子の姿はなかったが、普段なら嬉しい状況の筈だった。しかし私はそれどころではなかった。大山田絵里子に曖昧な笑みを返して席を立ち、教室を出てトイレに向かった。個室に籠もり、和式便器にしゃがむと気持ちが悪くなり、何度かえずいて少量の肉と御飯粒を吐き戻した。便器に溜まった水に嘔吐物が溶けて、水面に油の皮膜が広がっていく。頭が爆発しそうで、こめかみがズキズキ脈打つ。私は目の前のレバーの金属の円柱部分に額を押し付け、何度も唾を吐いた。体を全部裏返して綺麗に水洗い出来たらどんなに良いだろう。便器の中の水と油がゆっくりと渦を巻き、巴の形になっていく。私は自分の中の、どうしようもなく逸脱に惹かれる部分と、平凡さや自然体に対する志向という相容れない心性を思った。北村晴男を案内人として門を潜ると、一方の極にまだ見ぬ魔女がいて、他方の極に大山田絵里子がいた。私はその両方の女性に成りたい。しかし脇道に迷い込み、とんでもない袋小路へと追い詰められた格好だった。私はトイレットペーパーを引き出し、便器の横の床に敷くと、体を横たえた。便器の金隠しがすぐ目の前にある。こんな角度から便器を眺めたのは初めてだった。犬になった気がした。私は目を閉じた。途中吐き気で目が覚め、体を起こして、吐いても吐いても込み上げてくる唾液を便器に落とした。床から校舎の微細な震動が伝わってくる。学校という場所は、何百人という人間の移動によって絶えず震えているらしかった。その震動によってコンクリートに亀裂が入り、鉄骨が金属疲労してこんな校舎はさっさと崩落すればいいのだ。北村晴男はその危機を察して瞬時に安全な場所へとテレポートするだろうか。理科やプールの授業中の彼の醜態は、間違いなく他の生徒と共に瓦礫の下敷きになるに違いない悲運を告げていた。生き残るとすればそれは私だ。ここは地の底だ。道を間違えた。こんな事をしている場合ではない、何としても這い上がらねば。

その時、複数の声と足音とがトイレの中に流れ込んできた。甲高い哄笑がトイレ中に響き渡り、その中の一人が私の個室の扉を手でスッと撫でて行くのが分かった。「ひひひ」「うんこ」「ひひひ」「うんこ中」「頑張り中です」という声がする。私は体を起こし、便器に跨がって息を殺した。「見んなよ」「お前、皮被り。俺、爪楊枝」「俺、馬ちんぽ」「俺、ホクロ金玉」。それぞれの小便の音。それから水を流す音と水道の音がして、私の個室の扉がノックされた。ギョクッとした私に向かって、扉越しに声がした。「うんこ、気張ってチョンマゲ！」。そして彼らはドヤドヤとトイレから出て行った。竜巻のような連中だった。再び沈黙が訪れた。この道があった、と私は思った。他のクラスの生徒だったが、彼らはどのクラスにも必ずいる幼稚な馬鹿連中で、北村晴男に言わせると確実に死ぬ運命の愚民に過ぎない。北村晴男と一緒に孤立するまでは、私もどちらかと言うと彼らと同類だったのだ。しかし私はもう長い間、彼らのように笑った事がなかった。年度当初は弁当の時間に私も下ネタや冗談を言い、時には弁当仲間と一緒に腹が捩れるほど笑った事もあった筈だった。彼らは再び戻ってきた私に、嘗ての役割を期待しなかった。私も彼らの話に素直に入っていけない。私は今や三浦と共に、彼らのおまけのような存在である。しかし再び馬鹿な愚民に戻るという道もあるのではないか。頭の中で、血が沸騰していた。私は、どうしていいのか分からなかった。教室に戻ると相変わらず北村晴男は席に座って瞑想しており、大山田絵里子は他の二人とお喋りしていて三浦は不良の一人と密談していた。これが映画のワンシーンなら、私の出番はどこにもない。私には自分のキャラというものが決定的に欠けているのだ。

帰路、ただ歩いているだけで、変な汗を沢山かいた。ワイシャツの背中がびしょ濡れで、太陽の熱に溶けてしまいそうだった。家に辿り着くまでに、どうにかなってしまうのではないかと思った。唯一の救いは、今朝、自分がゴミ袋を押入の段ボール箱の中に隠したのをはっきりと思い出せた事である。頭の線が繋がって、記憶が甦った。兎に角無事家に帰り着き、シャワーを浴びて夕食まで死んだように仮眠したい。坂道を上っていると、雑木林の中から蟬の声が「じっ」と一声だけ聞こえ、仰ぎ見ると白く輝く小さな物体が真っ青な空を過ぎって行くところだった。とてもゆっくりした速度で、銀色にも見えてキラキラ輝いている。私は立ち竦んだ。そしてどこでもいいから連れて行って下さいと、操縦席の宇宙人に向かって念を送った。やがて物体には羽が生え、それは一羽の白い鳩になった。私は失望と同時に安堵し、見えなくなるまでその凡庸な鳥をずっと見送った。

ドアを開けて玄関に入るなり、待ち構えていた母が私の足下にゴミ袋を力一杯投げ付けてきて、「伸一、これ何なっ!」と怒鳴った。声が裏返っていた。こうなる事は朝起きた瞬間に分かっていたのだ。割れた瓶がゴミ袋を突き破り、シンナーの匂いが立ち上った。金玉袋が縮み上がった。母は裸足で三和土(たたき)に駆け下りると「このっ!　このっ!」と叫びながら私の顔や腕や背中を力一杯叩いてきた。私は頭を抱えてされるがままになりながら、次第に泣き声になっていく母の声を聞いていた。母の手は女の手だった。痛かったが、どこまでも女の手だと思った。私はそれが哀しいと同時に、嬉しかった。もっと叩いて欲しいと思った。私は救われたのだ。母が助けに来てくれたのである。これで大山田絵里子の世界に、即ち真っ当な人間の世界に引き戻して貰える。私は、三和土を踏み締める母の裸足の足を見た。息子を懸命に叱る母の、力強い足の踏ん張りだった。玄関を入ったすぐの壁に掛けられた姿見には、息子に手を挙げる母の後ろ姿が映っていた。私は胸が一杯になり、しゃくり上げ始めた。次第に母の打擲が弱まってきた。もっと、血が出て骨が折れるまで叩いて欲しいのに、母は力尽きたのか、私の頭を拳固でごんっと叩いたのを最後に仁王立ちし、肩で息をするだけになった。あれほど好きだったシンナーの匂いが今は毒ガスのようで、私は何度も息を止めた。それから、長い沈黙の時間が訪れた。母と私が交互に洟を啜る音だけが玄関に響いた。体が前後に揺れ始めた。顔を上げると、もうすっかり放心しているだろうと思っていた母の顔は、目に一杯涙を溜めて真っ直ぐに私を凝視している。私は胸を突かれ、顔をくしゃくしゃにして号泣しながら「ご免なさい」と言った。母は「いつからシンナー吸ってたんや」と訊いた。私は一頻り声を上げて泣いた後「三週間前から」と答えた。そしてシンナーは友達から買っていた事、お金は自分の小遣いから支払っていた事、舌が麻痺して食べ物の味が分からず頭も割れるように痛いので、もう止めようと決心していた矢先だった事、友達に脅された事がシンナーを始めた切っ掛けだった事、友達に対してきっぱりと断る勇気を持っている事などを母に伝えた。

「これは犯罪や」

「はい」

「警察に電話するしかないで」

私は泣き腫らした目で母を見て、大きく首を振った。嘗て小学生だった私が火遊びをした時、母は消防署に電話を入れ、私に「僕は火遊びをしました」と言わせた事がある。その時と同じように、怒りと哀しみの大爆発の後に急速に冷たくなり、冷徹な論理の歯車をゆっくりと回転させながら、極端な正義へと舵を切るお定まりの母の顔が目の前にあった。本当に警察に電話するつもりなのだ。しかし今回は小学生の火遊びとは訳が違う。シンナー遊びが法に触れる事を、迂闊にも私はこの時初めて思い出した。

「もう絶対にせえへんから警察には言わんとって」

「そうはいくか」

「警察に捕まってまうやんか」

「そんだけの事をしたんぞね、あなたは！」

「許して下さいっ！」

「刑務所に入ったらええんや！」

この時点で我々のバトルは第二ラウンドに入っていた。さっきまで感じていた激しい後悔や、母の愛への感動は忽ち色褪せ、私は母の演技に延々と付き合わなければならないこの先の長い時間を思って途方に暮れた。母は今から間違いなく狂女を演じる。叱り続けるには膨大なエネルギーを要するが、「お前のせいで頭が変になってしもたんや」という演技に要するエネルギーはそれほどでもないのだ。私が最も疲れるのは、その母の演技が余りにも下手だという点だった。わざと髪を顔の前に垂らしたり、突然笑い出したり、空腹の私の前でボリボリとクッキーを齧ったりするのだが、その限られたレパートリーはどれも学芸会並みで、どう反応したらいいのか分からない。それでもこの儀式を通過しなければ、母の説教は決して終わらないのである。案の定母は上がり框にどっかと腰を下ろし、八の字眉毛になって虚空を見るような顔になった。その顔はチャールズ・ブロンソンに似ていて、狂女になるのはあなたではなく私であるべきだと心から思った。しかし、「母ちゃんの頭をおかしくさせてしもて、本当に申し訳ありません」というのが今の私に与えられた役どころであり、そこから逸脱する事は決して許されないのだった。私は、母を狂わせた息子の耐え難い自責の念を顔一杯に表現しながら、この時間を終わらせる為ならどんな事でもするつもりでいた。

「父ちゃんに黙ってる事は出来へんで」母はサンダルを左右の手に嵌め、人形劇のように、一方のサンダルからもう一方に話し掛けるように言った。見ていられない。

「分かった」

「本当に分かったんか？」

「分かった」

「本当でちゅか？」

そう問いながらサンダルを小刻みに震わせる母は、しかし少しも可愛くない。母は父より年上で、脹ら脛は団扇のようだ。

しかし遂に終わりが来た。

「ゴミ袋を外に出して、晩御飯を食べなさい」

そう言った母の顔は沈着冷静で、素に戻っていた。私はその場に崩れ落ちそうになった。ゴミ袋を持って外に出ると、空に星が出ていた。雑木の森を見ると、暗がりの中から「またおいで」というメッセージが矢のように飛んできた。「分かった」と私は答えた。少なくとも母よりは、私の方が遥かに魔女にも狂女にも相応しいに違いないのだ。

一学期最後のプールの授業が終わった。プールの時のスクール水着姿の女子生徒達はどれも皆同じように見えて個別性を重視する私にとって訴え掛ける魅力に乏しく、加えてクラスでは「プールの女子をジロジロ見る男子」についてホームルームの時間に学級討論会があり、その時の司会が大山田絵里子だった事もあって、その時槍玉に挙がっていたのはクラスの馬鹿連中だったが、私は努めて女子の水着姿を視界に入れないように注意してきた。それよりも私は、プール後の休み時間に髪の毛を乾かす西村京子が頭を振って髪を後ろに泳がせた時にふと見せる流し目や顔を仰け反らせる仕草といった類の、普段は見せない大人の女の表情や、プール後も靴下を履かずに授業を受け続ける大山田絵里子の裸足の足指の桜色の爪を個別に注視する方がずっとグッときた。集団で存在する女には威圧感しか感じず、スクール水着の女集団は尚更だった。参加者全員が全裸であるサバトの写真を見ても、男達のペニスが全く勃起していないのはその為だったに違いない。しかし実際にその場に参加していたら、私は一人勃起を抑えられず、恥ずかしい思いをするのではなかろうか。結局二十五メートルを泳ぎ切る事が出来ないまま終わった北村晴男は、教室で、まだ乾いていない髪を顔の左半分に簾のように垂らしたまま「ししし」と意味なく笑っていた。

「何が可笑しいんや？」

「ししし」

「夏休みはどうするん？」

「ししし」

全く楽しくないプールの授業が終わった事が彼の心を歓喜で満たしているのは明らかだった。何や、ちっとも俗世から超然としてへんやないか。私は四十日間の夏休みの間、北村晴男と会う事はないだろうと思った。彼はせいぜい正攻法で超能力の修行に励めば良い。私は裏の道から攻める。その道には魔女がいて、狂女がいて、大山田絵里子がいるだろう。北村晴男のような男は必要ないのだ。しかし吸収出来るところは吸収しておきたいという気持ちはあった。北村晴男はブラックマンだ。持ち物を悉く黒で統一している。筆箱も黒、鉛筆も黒、消しゴムも黒、下敷きも黒、靴下も黒、ノートの表紙も黒、髪の毛も黒で、パンツだけが白だった。彼にはスタイルがある。その点には大いに惹かれたし、学ぶべき所に思われた。私にはスタイルがなく、個性もない。どのように自分を創っていけばいいのか見当も付かない。大山田絵里子に成り切ろうにも、教室にいる本物の彼女は、見る度に思っていたのと違う側面を見せて私を戸惑わせた。彼女は素朴で純真なだけの自然体女子ではなく、男子生徒と真剣に喧嘩したり、時には大声で歌を歌ったりする事もあり、そんな時は余りにも不細工な顔になる事に驚かされた。彼女自身、変化の途上を生きていたのだろうと思う。そして何より、他人の猿真似をして生きる事には限界があった。この夏休みに、何としてでも自分独自の新しい色を見付けたい。私も黒を選びたかったが、それは北村晴男の色だ。黒魔術にも黒ミサにも興味がないのに何で黒なんや？　パンツと同じ白でええやないか。

夏休みになり、梅雨も明けた。成績が下がり、母に叱られた。私は一日に何度もシャワーを浴びた。汗をかいている時は自分を汚い存在としか思えなかったが、シャワーを浴びて扇風機の風に吹かれていると、自分が美しい存在になれた気がした。体に悪いからと、余程暑い日でなければ母は居間のエアコンのスイッチを入れなかった。従って母は常に汗をかいていた。そんな母が、スカートを捲り上げて太腿を露わにしながらテーブルの裏を懸命に雑巾掛けしていた事があった。テーブルの裏を拭く必要などあるとは思えなかったが、母は時々狂ったように至る所に雑巾掛けをするのである。台所に麦茶を飲みに来た私は、跪座をした母の太腿をチラッと見た。汗にまみれて光沢を帯びた太腿は、まるで剝きたての茹で玉子のようだった。それ以来、私はシャワーを浴びる度に床に膝を突き、水に濡れた自分の太腿にうっとりと見入った。夜は、自室の扇風機のタイマーをセットして寝た。オナニーの後、窓からの夜気と相俟って扇風機の風が体表から気化熱を奪っていく感じは、恰も屋外にいるかのようでとても気持ちが良かった。雑木の森は常に私を呼んでいたが、「蚊が多いからもうちょっと後で」と答えるようにしていた。彼らは勿論納得していなかっただろう。私は新しいノートに日記を付け始めた。自分の色はまだ決めかねていたので、取り敢えずノートの表紙は黄色を選んだ。私は黄色は狂気の色と勝手に決めていた。数日間の逡巡の後、私は日記を女言葉で書く事に決めた。その第一行は「私は女の子」だった。「私は色が白くて、顔はちょっとコオロギに似ているかも知れません。大切なものから決して目をそらさない大きな目をもっています。足の指はとてもかわいくて、手も足も爪はピンク色をしています」。書きながら胸がドキドキした。こんなものを母に見られたら一巻の終わりだと思いつつ、女としての日記を書く事は予想以上の快楽だった。これを続ける事で、心のみならず体まで本物の女になれるのではないかという気がした。もしそうなれば、雑木の森のサタンも無沙汰を許してくれるに違いない。『魔女狩り』は大きなヒントになった。魔女には体のどこかに印があると書いてあった。私は自分の体に痣を探したが、見付からなかった。「私の体にはアザがありません」と日記に書く事は、しかし一つの喜びだった。私は自分の体に一点の染みもない事を嬉しく思った。そしていずれ、体のどこかに現れるに違いない悪魔の印を心待ちにした。再び雑木の森に裸で立ち、サタンに裸体を撫で回される時、それは現れるだろう。それを思うと、握ったクラッチレバーを前後左右に傾けずにおれなかった。

八月に入り、私は母と一緒にT県の父の元を訪ねた。父に会うのは嬉しくもあったが、同時に不安でもあった。母は間違いなく私の悪行を父に報告する。それは即ち母の監督不行き届きをも意味する筈だったが、母が自分の事を棚に上げて、ただ私ばかりを悪者にするのは目に見えていた。勿論そんな事は言えた義理ではなかったが、常に自分を加害者ではなく犠牲者と見做す母に対する、何かはっきりしない反感のようなものが胸の底にずっと燻っていた。それでも、家を離れて知らない土地へと向かう事には、母にとっても私にとっても大きな解放ではあった。母は見るからに張り切っていて、何も知らない私を電車や新幹線の見知らぬ改札口へと力強く導いた。母は若い頃に看護婦をしていたが、私の知っている母は一度も働いた事のない専業主婦であり、全くの世間知らずのお嬢さんだった。一度だけ母は、新聞の求人広告を見て仕事の面接に行った事がある。「ホテルで働くで」と得意気に言って家を出た母は、戻って来た時にはすっかり意気消沈していた。「変なホテルやった」と母は言った。それが子供心にもラブホテルであり、その仕事が男女が交接した後の部屋の掃除や風呂洗い、汚れたシーツの交換である事は私には十分察しがついたが、母は今一つ分かっていない様子で、「何か物凄ぅ変やった」と何度も首を横に振っていた。今思うとそれも母の演技だった可能性があるが、こんな母親で大丈夫だろうかとその時の私は思った。その母が、今はぐいぐいと私を引っ張って、父の出張先であるT県目指して猛進している。

「お腹空いた」

「母ちゃんに任せとき。もうすぐ車内販売が来るで」

その言葉通りに自動ドアが開いて車内販売のワゴンが入って来た時、母は「どないや？」と言わんばかりに鼻の穴を膨らませた。私は喜んだ振りをしながら心の中で「調子に乗んな」と毒づいた。小学生の時、友達の家に行くとパウンドケーキが出てきた事があり、それはドライフルーツの入った、洋酒が香るとても美味しいケーキで、しかも母親の手作りだという。私はこんな物が家庭で作れる事に仰天した。そして家に帰ると早速母にこの話をした。数日後、母はケーキを作った。私は喜んで食べ「美味しい」と言った。母は「母ちゃんかてやれば出来るんやで」と言った。「調子に乗んな」と思った。母の作ったケーキはホットケーキミックスを油で揚げただけの代物で、友達の家で食べたパウンドケーキとは雲泥の差だった。新幹線で弁当を食べ終わると、朝が早かったのと緊張が緩んだせいか、母は隣の席で居眠りを始めた。私はこっそり自分のリュックの中の『魔女狩り』と日記帳とを確認し、お茶を飲んで窓の外を眺めた。殆ど手付かずの宿題は勿論家に置いてきた。田園風景が猛スピードで飛び退って行く。田舎の魔女に逢いたいと思った。空に未確認飛行物体を探し、田圃の畦道を歩いているかも知れない全裸の魔女を夢想する。母の鼾が聞こえた。見ると、窓からの日の光に照らされた母の口髭が光っていて、父は間違いなくこの口に接吻した事があるのだと考えるとゾッとした。他の乗客を見回すと、シートの背凭れから若い女性のノースリーブの二の腕が見えていて、それは抜けるような白さで、ひょっとするとT県で異性との思わぬ出会いがあるかも知れないという期待に胸が躍った。クラスには何組かのカップルがいる。特に不良連中の中には恋人とセックスをしている事を公言している者もいた。その男子生徒の彼女は、顔立ちは美人と言えなくもなかったが、品がなく、声は烏に似ていて、プールの時に見た足の指は麻雀牌を並べたようにどれも太かった。従って少しも羨ましいとは思わなかったが、セックスに対する興味は頭の中に常に渦巻いていた。その不良カップルは教師から問題視されていたから、学校の女子とするのは現実的なやり方ではなかった。しかし、遠く離れた旅先でならば問題はない。そしてそれは、相手の女子にとっても好都合な筈だった。或る日突然、全く知らない異郷の地からやって来た男子とセックスをする事を夢想しない女子などいるだろうか。

新幹線を降りると、地下鉄と電車を乗り継いでW県に入り、そこから船に乗った。周りの乗客は誰もが田舎っぽい出で立ちで、風呂敷を持っている老婆や如何にも帰省する感じの家族連れも多く、旅情を誘った。何よりフェリーに乗るのは小学校の修学旅行以来で、甲板から海を眺め、潮風に吹かれながら潮の香を胸一杯に吸い込むと、あらゆる憂悶が嘘のように消し飛んでいく気がした。未来には、この海原のように広く大きな可能性が広がっているのだ。母は船室にいて、私は甲板のベンチにいた。大人になって自分でお金を稼げるようになったら、思う存分旅をしようと思った。知らない土地や国へ行き、沢山の女性と恋をする。ルーマニアの女性の中には、吸血鬼の子孫がいるかも知れない。本物の魔女に会えたなら、それはどんなに刺激的だろうか。船は至る所が白く厚塗りされていて、ほんのりとペンキの匂いがした。それがシンナーの匂いを思い出させ、鼻の中にあの忌々しい毒の匂いが甦ると、楽しいと思っていた旅の先に待ち受けているものが父の笑顔ではなく、渋面と懲罰とである事に思い至り、忽ち心に暗雲が垂れ込めた。しかも父の古銭のバインダーから抜き取ってしまった何千円ものお金の問題があった。古いお金など、一体どうやったら手に入るのだろうか。ふと、三浦は私から受け取ったお金を使わずにそのまま持っているかも知れないという考えが浮かび、家に戻ったら連絡を取ってみようと思った。母はシンナーの事のみならず、変態行為についても父に報告するつもりだろうか。そもそも母は、雑木の森で私がした事を本当に知っていたのか。あの時母が「ヘンタイ」と言ったという事自体、そもそも現実の出来事だった気がしない。それは今の私がそう思っているだけで、この記憶も、後のシンナー中毒の状態の中で捏造されたものに過ぎないのではなかろうか。そう考えると何もかもが疑わしく、今こうしてフェリーの甲板のベンチに腰を下ろしている事すらも、自室のベッドの中で見ている夢なのではないかという気がしてくる。私は扇風機の風を海風と思い込み、記憶の中のシンナーの匂いをペンキの匂いと勘違いして、有りもしない船旅をでっち上げているのではないか。それどころか父も母も既に死んでいて、私は人類の滅亡後只一人この世界に生き残り、頭の中の記憶の断片をジグソーパズルのように組み合わせながら勝手な妄想に明け暮れている死に掛けの老人なのかも知れない。もしそうならそれでもいいから、今すぐこの甲板の上に運命の恋の相手を登場させて下さいお爺さん。顔は田辺沙織、体は西村京子、そして性格と知性と品の良さと指と脹ら脛は大山田絵里子で御願い致します。いやもう一つ、大事な要素がありました。この世ならぬ魔性と、精神の乱調とが。しかしそれは既に私の恋の相手などではなく、私が成りたい女性そのものなのであった。

フェリーが港に着いた。接岸するとドーンという軽い衝撃があった。甲板から見下ろすと、埠頭（ふとう）の壁に括り付けられた緩衝用のタイヤが、舷側（げんそく）に押されてギュルギュルと音を立て、その下で油の浮いた水が渦巻いている。油膜の隙間から覗いた海は、思った以上に透明で深かった。私は客室に戻った。

「どこにおったん？」

「ずっと甲板や」

「戻って来えへんかと思た」

乗客達はそれぞれの手に荷物を提げ、出口の前で列を作って下船の時を待っていた。私はその列の最後尾へと移動する母の横顔をこっそり窺った。私が戻って来ない可能性を、一瞬でも母が考えた事が私にはとても意外だった。私が母の元から突然姿を晦まして二度と戻らなかったとしても、母にとってそれは想像すら出来ない異常事態ではなく、想定される可能性の一つに過ぎないのだ。これは発見だった。私は自分の未来に、家から出奔して二度と母の元に戻らないという選択肢を密かに付け加えた。息子や夫を失っても、母は独りでそれなりに生きていくだろう。ラブホテルの汚れたシーツを誰よりも素早く取り替えながら、「何か物凄う変」と呟いている母の姿を思い浮かべた。

タラップを伝ってコンクリートの埠頭に降り立ち、待合いの建物に向かって歩いていくと、体がまだ船に乗っているようにゆらゆらした。埠頭のコンクリートがゆっくりと上下しているように感じ、踏み下ろした足が地面に着くタイミングが自分の思うところと微妙にずれてしまう。前を行く乗客の中にも蹌踉めいている人がいたが、母の太い脚は盤石の足取りだった。待合いの建物に入ると父が立っていて、こちらに向けて笑顔で手を振っていた。何か違うと思ったらズボンの色だ。父は見た事もないピンク色のスラックスを穿いていた。

父がこっちで購入した新しい車に乗って、我々はT市の市街地を走った。私は後部座席にいた。町並みも新車の匂いも新鮮で、歩道や横断歩道に中学生や若い女性を見付ける度に、私は首が痛くなるまで見送った。同時に私は、運転席と助手席の父と母の会話に聞き耳を立て、いつ自分の事が話題に上るかに細心の注意を払っていた。しかし会話は、西野さんや私の知らない人の近況だったり、家の裏の空き地に置かれたドラム缶から産業廃棄物の油が漏れて土の中に染み込んでいるようだから、何か手を打たないといけないという話題に終始していた。大人というものは常に重大な問題を幾つも抱えていて、子供の不品行など彼らにとっては些事に過ぎないのだ。それに気付くと私はグッと気が楽になり、滞在予定であるこの先の一週間に、どんな楽しい出来事が待ち受けているだろうかとウキウキし始めた。「海水浴に行くか伸一」と父が言った。見るとルームミラーの長方形の中で父の眼鏡が笑っている。私の「行く！」という言葉と「あんた、余所見せんといて」という母の言葉とが重なって互いに打ち消し合う格好になったが、私の顔には辛うじて薄い笑みが消え残った。

会社から宛がわれた父の部屋は八階建てのマンションの六階で、ベランダからは市街地が一望出来、遠くには海も見えた。旅装を解いて板間の上に長座した母は、脚をしゃこしゃこと擦りながらホッとした表情を見せた。「疲れたやろ」と父が言い、冷蔵庫から麦茶の入ったポットを出し、盆に乗せたグラスと共にミニテーブルの上に置いた。「麦茶なんか作ってんの？」と母が訊いた。

「単身赴任の男は独りで何もかもやるんや」

「そうなん」

麦茶を注いでいた母がグラスを窓に翳し、「汚れてるわ」と言った。

「ほうか」

「何か付いてる」

母は立ち上がると、流しへと立ってグラスを洗い始めた。「飲み」と父に言われ、私は自分のグラスに注がれた麦茶を飲んだ。家の麦茶とは違う味がした。戻って来た母は、空のグラスをテーブルの上に置くと、麦茶を注がずにゴロリと床の上に仰向けになった。父はそんな母をチラッと横目で見た。

「晩御飯どうする？」

「近くにスーパーあるん？」

「あるけど、冷蔵庫にも結構材料残ってるで」

母は大儀そうに起き上がり、台所に行って冷蔵庫の扉を開けて中を覗き込むと、居間に戻って来て再び床に仰向けに寝た。父がテレビを点け、馴染みのワイドショーの画面が映った。

「魚と、唐揚げ用の鶏やんか」

「そやったか」

「自分で料理するん？」

「まあ、外食が多いけどな。そや、今夜は美味い店に連れて行ったろ」

「何の店な？」

「何でもある。海鮮から肉から中華、和食、フランス料理まで何でもあるで」

私は2LDKのこの空間のどこに自分が落ち着ける場所があるかを探っていたが、そんな場所はどこにもなく、早くも息が詰まり始めていた。

「お蕎麦食べたいわ」と母が言った。それを聞いて私はがっかりした。

「よっしゃ、今夜は蕎麦食べに行こ」と父が言い、一気に麦茶を呷った。その時上を向いたまま、母の方を再びチラッと横目で覗き見た父のどこかおどおどした目付きを、私は疎ましく思った。まだ夕食の時間には間があった。我々はそれぞれに寛いだ姿勢を取って、少しも面白くもないワイドショーの画面を眺めた。話題に事欠いた父が今にも「伸一は賢うしとったか？」などと言い出すのではないかと冷や冷やして、とてもテレビどころではない。母の鞄の中には私の通知表が入っている筈で、それ一つでも致命的な爆弾である上に、もっと威力のある爆弾を母は幾つも抱えているのだ。やがて母が軽い鼾をかき始めた。父も私も、ミニテーブルの下に裸足の足を突っ込んで寝転がっていた。母の鼾を合図に父の爪先が私の脹ら脛に触れた時、私はこの部屋に入った瞬間に感じた妙な臭いが父の足の臭いだったかも知れないと仮定してみたが、違う気がした。父は足の親指と人差し指で私の脹ら脛の肉を摘んできた。私は「痛っ」と言って脚を引っ込めた。「ひん」と父が笑った。

蕎麦屋は、どこにでもある普通の店で、皆で天麩羅ざる定食を食べたが大して美味しくなかった。

「でや、美味いやろ？」

「うん」

「油が古い」と言って、母は天麩羅の衣をいちいち指で全部毟り取り、中身だけを取り出して食べている。そんな食べ方はマナー違反ではないかと思った。店には他に一組の老人のカップルしかおらず、父は我々に本当の「美味い店」を隠しているのではないかという気がした。その晩は、母も私も疲れていたので早目に床に就いた。「寝る時はエアコンを切るかタイマーにするかしといてや」と、母は台所で缶ビールを飲む父に言い、気絶するように床に倒れてタオルケットに包まった。布団は父の分が一組しかなく、母はそんなフカフカの布団は腰に悪いから床で寝ると言い張った。私は父の布団に横になったが、うつ伏せになって敷き布団に鼻を押し付けると、蕎麦屋から帰って来た時にもプンと臭った変な臭いの正体はこれではないかと思った。私は仰向いて、父がビールを呷(すす)る度に発する「んあー」「んあー」という声を聞きながら眠りに落ちた。

次の日は父が仕事の関係で不在だった。母は朝から、出勤前の父に対して、一晩中エアコンを点けっ放しにしていたと怒り、マーガリンは毒だから買うなとか、唐揚げなんて作らないくせにとかヒステリックな物言いで責め立てていた。その声に目を覚まされた私は一瞬暗い気持ちになったが、母が父を責めている限り自分は安全地帯にいられると思い、敷き布団に顔を押し付けて再び目を閉じた。布団の変な臭いは、一旦馴染むと悪くない匂いとなっていた。父は盆休みを前倒ししてこの日から休みだった筈が急遽勤務日になってしまい、その事が母の怒りの切っ掛けらしかったが、こんな不機嫌な母と二人きりで一日をどうやり過ごせばよいのかと思うと、母を息子に丸投げした父に恨みが湧いた。ところがその日は、予想外に楽しい日になった。母はいつになく私に優しかった。朝食を食べずに父が出勤すると、母は口紅を引き、私を起こしてマンションを出た。日差しを避ける為に商店街に入り、喫茶店で美味しいモーニングを食べた。雑貨屋、スーパー、お菓子屋などを巡り、小振りの百貨店にも入った。昼食は洋食屋でオムライスを食べ、食後にはチョコレートパフェが許可された。

商店街の本屋で、母が婦人雑誌をパラパラと捲り始めた。私はオカルト本コーナーへと移動した。桐山書店には置いていない本が沢山あり、胸が躍った。特に興味を惹かれたのは『裸のヨガ』という大判の本で、外国人の美人モデルが全裸でヨガのポーズを取っている写真集だった。こんな物はとても買えない。私は周囲を気にしながら、全ての頁を目に焼き付けていった。西洋人に違いないがどこか東洋的な雰囲気も漂うモデルで、いささか健康的過ぎる嫌いはあったが、こんな女に生まれ変われるなら死んでもいいと思った。今日もし日記を書く機会が得られたなら、この女に成り切って言葉を綴ろうと決めた。そしてこの本屋では、もっと劇的な出会いがあった。文庫本のコーナーで、私の目の中に一冊の本のタイトルが飛び込んできた。『魔法入門』。その背表紙を見た時、それまで惰眠を貪っていたクンダリニーが突如覚醒し、スシュムナー管を一気に駆け上って全てのチャクラが開いた気がした。

震える手で引き抜いて表紙を見ると、正にチャクラのような十個の丸で構成された磔刑台のような物に、紫の体を持つ女性が両腕を広げて磔にされた図像があり、手前の黒いテーブルの上には髑髏や柘榴の実、水晶、真っ赤な杯が置かれ、右側には鋭い爪を持つ禍々しい鳥が描かれている。開くとカラーの口絵があった。オレンジと緑の蜂の巣のような「『閃めく色彩』の図」、その裏頁には黄色い正方形、青い円、シルバーの三日月などの不思議な図形が六つ並んでいて、それぞれに「プリティヴィ（大地）」、「ヴァユ（空気）」、「アパス（水）」などの名前が記されていた。意味不明だったが、カバーの裏に書かれた文章に私は打ちのめされた。

「魔法とは何か。それは、人類最古にして最大の秘密とされ、その片鱗すら窺い知る事が困難であった。だが、数千年に亘って秘密の扉に閉ざされてきたその魔法の世界が、ついにこの本によって明らかにされようとしている」

　喉から手が出るほど、欲しくて堪らなくなる。これは運命の本だ。どの頁の活字の表情にも、子供騙しの超能力入門書とは段違いの権威と気品とを感じた。どんな超能力も私を魔女にはしてくれない。しかし魔法ならば、それが可能なのではないか。リュックサックの財布の中には、三百四十円のこの本を買えるだけの小銭はあった。しかしこの一見怪しげな本が母に私の異常さを思い出させ、せっかく良好に推移している私と母との関係性を崩す可能性を思うと、どうしても手が出せなかった。しかし諦め切れない。激しく逡巡していると、棚の向こうから母が姿を現し「伸一、行くで」と言った。私は意を決して『魔法入門』を棚から引き抜き、誰にも渡さないで済むようにその場で真っ二つに引き裂いた。そんな自分を一瞬想像し、私は引き抜き掛けた『魔法入門』を棚に戻して母の後を追った。

その夜、父の帰りは遅かった。母がスーパーで買ってきた笹身とミックスベジタブルを入れた焼き飯が、その日の夕飯だった。テレビの歌番組では沢田研二が「追憶」を、グレープが「精霊流し」を歌い、私の中の乙女心を激しく搔き立てた。私は「追憶」のニーナであり、婚約者を亡くした「精霊流し」の娘なのだ。早々と焼き飯を食べ終えると、母は何か思い詰めたように長い間台所に立っていたが、やがて決然と冷蔵庫の扉を開け、中の魚や肉をゴミ箱に捨て始めた。自分が決して食べない魚や肉を父が買っていた事が、母の逆鱗に触れたのだろうと思った。風呂に入ると、ペニスの勃起が止まらなくなった。私は母の気配に細心の注意を払いながら、ペニスと自分の体を石鹼まみれにして撫で回した。風呂から上がって暫くすると、母に「寝なさい」と言われて私は寝床に入った。私は薄目を開けて、台所のテーブルに頰杖を突く母を盗み見た。案の定母の小指が第一関節まで鼻の穴に入っていたが、不思議と嫌な感じはしなかった。ウトウトし掛けた時、玄関の鍵を乱暴に開ける音がして目が覚めた。父だった。深夜に酔っ払って帰宅した父に対して母が文句を言い、父は咄嗟に笑って母をいなそうとしたが、そんな事で誤魔化される母ではない。母の攻撃が始まった。もっとやれと思いながら、タオルケットの中で私はずっと勃起したペニスを揉んでいた。母と父との遣り取りは私には余りにも下らないものに思え、微かに父と違う匂いの混じるこの布団の上に射精してやろうかと思った。

海水浴場は、想像していたよりずっと人が疎らだった。風があり、砂浜は足裏にひんやりした。母は紫外線を嫌って長袖のシャツを纏い、頬かむりをしてレジャーシートの上で日傘を差して腰を下ろしていた。「泳いできなさい」と母が言い、缶ビールを飲んでいた父を振り返ると「行ってこい伸一」と言う。私は一人で海に入っていった。足を浸すと海水は冷たく、弱い波を透かして、帯状に横たわる若布の層が見えた。体を屈め、海水に顔を浸けて水中眼鏡で覗くと、若布は何か来たとばかりに、盛んにおいでおいでをしている。浮いていた若布の切れ端を手で掬うとぬるぬるしていて、よく見ると表面に正体不明の白い糸状の物が付着していたので慌てて投げ捨てる。裸足で若布を踏むのは気持ち悪く、私は若布の帯の手前で水浴びをし、体を板のようにして若布の層の上を浮きながらゆっくりと越えた。手は平泳ぎで、足はバタ足だった。若布の層の向こう側は砂地で、遠くへ行くほど暗く深くなっている。思わず立ち上がると、太腿の真ん中位の深さしかなくて拍子抜けした。濡れた体に風が冷たい。振り向くと母と父が何か話していて、暫く見ていると、こちらに気付いて父だけが手を振ってきたので振り返した。母の表情はよく分からなかったが、良い顔でない事は察しが付いた。父に私の事を話したのかも知れないと思うといたたまれなくなって、私は彼らに背を向け沖に向かって泳ぎ出した。平泳ぎしながら海底を見ると、盛り蕎麦のような奇妙な砂の塊や、誰かが落とした水中眼鏡や、色の悪いナマコなどがひっそりと静まり返っていた。

泳ぎながら、父がもう片方の手に持っていた紙のような物は私の通知表に違いないと気付いた拍子に海水を飲んでしまう。母がどこまで話したのかと心配するより海の恐怖に身を任せる方がずっとましで、私は沖に浮かんだオレンジ色の丸いブイの一つに狙いを定め、機械的に四肢を動かした。海面に規則的に並んだ、海水浴場の境界線を示すブイは目算よりもずっと遠く、なかなか近付けない。海の表面に浮かぶ私の目に海底はどんどん深くなり、暗さを増していった。時々生温かい海水が、冷えた体を舐めていく。泳ぎ疲れてその場で立ち泳ぎしながら振り向くと、母と父の居場所が分からない。浜辺には家族連れやカップルが点在していて、その光景には動きがなく、静物画のようだった。その時、足を何かに撫でられた気がして仰天し、私は水の中に顔を突っ込んで自分の足を見た。丁度太陽が雲に隠れて海は暗く、濃紺の海の中で私の生白い足だけが揺れている。何が足に触れたのか確かめる事は出来ず、不安で一杯になって浜を見ると、知らぬ間に潮に流されていたらしく、思っていた方向と大きくずれた場所に母を見付けた。父はと見ると、ちらちらと小さな頭が波間に見え隠れした。父がこちらに向かって一直線に泳いで来る。父の泳法は抜き手で、溺れ掛けたような北村晴男のそれとは異なり、実にリズミカルでキビキビした身のこなしだった。私は嬉しくなり、ずんずんと近付いてくる父を凝視した。母もきっとこの父の泳ぎを見ているに違いなく、遠くの海に一人寂しく浮いている息子の元へ颯爽と泳いでいく姿は、母にもそれなりに格好良く映っているのではないかと思った。父が近くまでやってきた。大きな自然の中で見る父は、マンションの中の父とはまるで違う野性的な顔付きだった。元々、田舎の生まれ育ちなのだ。

「おい、ブイまで行けるか？」

「行ける」

「よっしゃ、行くで」

泳法を平泳ぎに変えた父に、私は随(つ)いて行った。独りで泳いでいた時とは全く違う安堵感に包まれ、私は声を上げそうになった。波に浮き沈みする父の背中は、白イルカのようだった。私が目標にしていたブイへと、父は正確に先導した。そして我々は二人揃ってブイにしがみ付き、交互に肩で息をした。父の息はビール臭かった。ブイの下半分は緑色の藻で覆われていてぬるぬるしていた。ブイはロープで繋がれていて、水中眼鏡で覗いても海底は暗く、ロープの先は見えない。

「結構泳げるやないか」

「プールの授業があるし」

「体育と美術だけはまあまあやったな」

「うん」

ブイの下で水を掻く父の足が何度かぶつかってきた。わざとか。すると父は黙って沖を眺めた。まるで別の未来、別の家庭、別の息子を見ているような遠い目だった。

「シンナーは犯罪や」

「うん」

「父ちゃんは、塗装の若い奴が何人もそれで駄目になるのを見てきた」

「…………」

「もうすな」

「分かった」

胸が潰れそうになった。父は遠くを見たままそれだけ言うと「戻るか」と言った。私は頷くのが精一杯だった。父がブイから離れ、私も離れた。泳ぎながら、私は何度も顔を海水に浸けた。宿に置いてきたリュックサックの中の女日記も、破り捨てようと思った。母の所に戻ると、父が母に向かって頷いたように見えた。その時、私の元まで泳いで来てくれた父には首輪が付いていて、その紐の先を母がしっかり握っていた事に気付いた。

その日の宿は旅館と民宿の中間のような所で、壁が薄く、隣の部屋のテレビの音や話し声が聞こえる度に母は押し殺した声で父に文句を言った。夕食は懐石料理で刺身は新鮮だったが、作り置きした物が多く全体的に冷めていた。母は食前酒を飲まず、刺身を食べず、天麩羅の衣を剝ぎ取り、肉の脂身を残した。父は瓶ビールを飲んで赤い顔をしていた。私は海水浴と入浴で疲れ切っていた。会話は弾まず、隣の部屋のテレビの音がやたら耳に付く。この気まずい雰囲気が自分のせいだと思うと、気が重かった。

「うちの土地にも廃油が染み込んでるに違いあらへん」茶を啜っていた母がそう言い、父が頷いた。ドラム缶が転がっている裏の空き地の、ツンと来る刺激臭が鼻腔(びくう)に蘇る。

「あれは毒やよ」

「ふむ」

「その内に健康に影響が出るわ」

「そやな」

私はそんな話題によって遠回しに不良息子のシンナー遊びを非難する母を密かに恨み、益々落ち込んだ。万事につけ、母はしつこい。言われなくても、もう金輪際毒物を吸引しないと私は決めているのに。父のようにたった一言で決めてくれた方が、どれほど心に沁みる事か。私は裏のドラム缶の廃油が気化して毒ガスと化し、それが窪地に溜まって家を呑み込む様を想像した。新鮮な空気を求めて二階へ這い上がろうとした母は、階段の踊り場で目を剝いて絶命する。毒ガスは窪地から溢れ出て、私の通学路の坂を駆け下って一気に中学校へと達する。「桐山書店」の小父さんは、レジの金を鷲掴みにして逃げる途中で息絶える。グラウンドで体育の授業を受けていた生徒達が次々に倒れ、校舎の一階の生徒、教職員が瞬時に全滅する。異変を知らせに来た教師が、教室にいた我々に向かって「屋上に逃げろ！」と叫ぶ。生徒達は一斉に教室の出口に殺到する。その教師がまず泡を吹いて倒れ、廊下に出た生徒達が順に倒れて将棋倒しになり、次々に悶絶死する。見ると西村京子も目を剝いて死んでいる。「扉閉めろ！」と不良の一人が叫び、咄嗟に教室に戻ろうとした大山田絵里子の体を突き飛ばしてドアを閉める。空豆色に変色した顔を扉の硝子に擦り付け、涎の尾を引きながら大山田絵里子がくずおれる。窓を伝って三階に上ろうとした運動神経の良い生徒達が、次々に窓の外に落ちていく。すぐ側で田辺沙織が泣いている。恐らく自分から私に近付いて来たのだ。「僕と一緒におったら心配ないで」と私は言い、彼女の柔らかな体を抱き寄せて首筋の匂いを嗅ぐ。「中村君」と言いながら、彼女も私の体を強く抱き返してくる。ふと見ると、北村晴男が目を閉じて必死に印契を結び、猛然とマントラを唱えている。そして他の生徒と同じように度々咳き込んでは、私の方をチラッチラッと半眼で見てくる。私は田辺沙織と一緒に、少しずつ彼の前から姿を消していく。北村晴男の目が、信じられないというようにカッと見開かれる。彼の目には次第に透明な存在になっていく我々の姿しか見えていないが、私には既にヒマラヤの奥地の美しい風景が見えているのだ。

「伸一、伸一」

母の声で目が覚めた。私は茶碗と箸を持ったまま、うとうとしていたらしい。「疲れたか」と父が言い、母も私の顔を見て笑っていた。私は図らずも、親が喜ぶ子供らしい可愛さを見せていたのだった。これでやっと母に許して貰えた気がして、これからは母が喜ぶ子供になろうと思った。

仲居さんが膳を下げに来た。寝室には、既に川の字に布団が敷かれていた。歯磨きを済ませると、私は一人で先に布団に横になった。糊の効いた薄い掛け布団がゴワゴワして四肢に馴染まなかったが、すぐに睡魔に包まれた。母と父が何か話していたが、その言葉を理解するより早く眠りに落ちた。

「明日伸一を連れて帰ります」

「何もそんなに急がんでも」

「あのマンションに戻ると思っただけで虫唾（むしず）が走る」

「…………」

「……どういうつもりなん？」

「…………」

「伸一に何て言うん？」

「……誤解や」

「誤解やないっ！」

目を覚ました私は、その会話を聞きながら布団の中で固まった。おかしいと思っていたが、矢張り母と父との間で何かとんでもない問題が持ち上がっていたのである。そしてそれは、私のした事とは全く関係がない。夕食の気まずい空気も、私のせいではなかったのだ。何か悪い事をしでかした父が、母から私以上に巨大な大目玉を喰らっている。母の監視の目が行き届かないT県で、元来子供っぽい父がどんな悪事をしたかについて、私には不思議なほど関心がなかった。そんな大人の事情については知った事ではない。重要なのは、母と父との関心の中心が私にはないという事だった。何もかもが、自分の手に戻ってきたのだ。シンナーはもうしない。しかし女日記やオカルト本、サタン、魔女、狂女、雑木の森の全てが私の元に帰ってきた。それは何と豊かで胸躍る瞬間だった事か。私は布団の中で遠く離れた雑木の森の呼び掛けに「行くから」と応答し、パンツの中に手を入れてペニスを揉みしだいた。

翌日の午後、我々は取り敢えずマンションに戻った。母は父に口を利かない。険悪な空気のとばっちりを受けないように私は大人しくテレビを眺めていたが、台所のテーブルの椅子に腰掛けていた母が、居間の父に何か言い掛けてチラッと私の方を見て口籠もったのを見て、私は自分の存在が邪魔になっているらしいと気付いた。

「ちょっと散歩に行って来てもええ？」と私は母に切り出した。

「どこに行くんな？」

「商店街の本屋さん」

「道は覚えてんの？」

「うん」

父が一瞬縋るような目で見てきたが、私は即座にリュックサックを引っ摑んで立ち上がった。

「電話番号は？」母が訊いた。

「分かってる」

「気を付けや」

「うん」

忽ち私は解放された。エレベーターを降りてエントランスを出ると、刑務所から脱走した囚人のような気持ちになり、逸る足を抑えられなくなった。見慣れぬ町の風景が初めて自分の物になった気がして、道往く女性を一人一人品定めして歩く。T県の女性は全体的に小柄な印象で、顔は平均して悪くなかった。思わぬ出会いを想像して胸が高鳴ったが、しかし心の隅では素敵な出会いなど絶対にないであろう事も分かっていた。棚から勝手に奇跡が降ってくる事は決してない。奇跡が欲しければ、自分で演出するしかないのだ。自己演出と現実との間に、果たして明確な境界線など引けるだろうか。擦れ違う女性達を観察して彼女らの美しい部分だけを取り出し、自分の手や足、顔、腰、胸などとそれらを徐々に取り替えながら、私は次第に誰よりも神秘的な魔女になっていった。

商店街に入ると、辺りが急に暗くなった気がした。私はたっぷり二時間は本屋にいてオカルト本を読み漁り、数日間の飢餓感を癒した。『裸のヨガ』の中に見落としていた魅惑的なポーズを幾つか再発見して頭の中に刻み込み、「桐山書店」で立ち読みしていた『ヒマラヤ聖者の生活探求』の続きを読み、魔女関係のビジュアル本を見付けて焚刑に処せられる全裸の魔女の姿に自分を重ねて恍惚とした。前回母と来た時レジにいたのは初老の小父さんだったが、この日は三十歳ぐらいの女性だった。眼鏡を掛けた知的な顔立ちのその女性は、如何にも詰まらなさそうに店番をしていた。私が『魔法入門』を差し出すと、彼女は本から補充票を抜き取り「三百六十円です」と言ってブックカバーを掛け始めた。私は百円玉を四枚トレーの上に置き、その繊細な指の動きをじっと見た。本に相応しい器官として、女性の美しい指以上の物がこの世にあろうか。北村晴男の手指が女子のように小さくほっそりしていなかったならば、私はあれほど彼に惹き付けられなかったに違いない。「爪長いな」と言うと、北村晴男は「爪や髪の毛は宇宙からの波動をキャッチするアンテナや」と答えた。長い髪にも理由があったのだ。女店員さんの指は北村晴男より、ましてや私の無骨な指などより遥かに宇宙からの波動に敏感なように思えた。レシートと釣り銭を受け取った時、彼女の爪が私の掌に微かに触れた。それから彼女はビニール袋に入った本を私に渡しながら「有り難うございました」と言った。顔を上げて思い切って彼女の顔を見ると、その目は笑っていた。涙袋が麻丘めぐみに似ていた。

本屋を出ると商店街は益々暗く、交差点に出てすぐに雨が降ってきた。夕立だった。遠くの雨雲の切れ目には、何事もないように夕焼け空が覗いていた。傘を持っていなかった私は、リュックを前掛けにして雨の中を走った。大粒の雨に打たれ、瞬く間に頭皮が冷たくなった。しかし相手が雨粒であろうと何であろうと、全身が何かに包まれていく感じは悪くなかった。半ズボンだったので、太腿が濡れて光沢を放つのも素敵だった。走るほどに体の中から力が湧いてくる。自慢の脚を生かして私はスピードを上げた。途中、バス停に傘を差した数人の中学生が屯していた。冷やかされるような気がして身構えた私に、彼らは笑いながら「頑張れ」「ファイト」などと声を掛けてきた。私は小刻みに頷き、軽く手を上げて彼らの脇を通り過ぎた。忽ち気分が良くなった。

マンションのエントランスに駆け込み、ハンカチで体とリュックを拭いた。中身を確認すると、女日記のノートの隅が僅かに湿っていただけで大きな被害はなかった。『魔法入門』は勿論無事だ。本屋さんが本をいちいちビニール袋に入れてくれるのはそういう事かと思い、走りながらずっと頭の中にあった女店員さんに感謝した。

マンションの部屋のドアを開けると、台所のテーブルの椅子を挟んで父と母とが向き合っていた。父がピンク色のズボンを穿いていたのは初日だけで、今は紺色だった。父は俯いていた。母がチラッと私を見たが、息子に構っているどころではないという顔ですぐに父に視線を戻した。私は靴を脱ぎ、濡れた足のままそっと洗面所に滑り込んでタオルで頭を拭いた。台所からは何の声も聞こえず、マンションの部屋全体が異様な緊張感に包まれていた。私は濡れた服を脱いでパンツ一丁になった姿を鏡に映し、女とはほど遠い自分の体に軽い失望を覚えた。台所を通り抜けて居間へと移動し、ミニテーブルの前に腰を下ろして三角座りする。プールの向こうのプールサイドで膝を抱えていた大山田絵里子の、すらりとした脛を思い出しながら。

「伸一」と母が言ったその声に反応して父の頭が一瞬持ち上がり、自分に向けられた言葉でない事を悟って再び俯いた。父の目はテーブルクロスの幾何学模様を凝視していた。私にも覚えがある光景で、父の気持ちはよく分かった。父は母の演技が一刻も早く終わるよう、ひたすら念じているのだ。

「服着なさい。鞄の所に置いたあるやろ」

「うん」

私が初日に着てきたその服を、母は洗濯機を使わず、洗面台で手荒いしてから部屋干ししていた。何故わざわざそんな手間の掛かる事をするのか分からなかったが、今となっては何となく察しが付く。私は服を着た。雨が上がって、窓から西日が射してきた。蒸し暑かったので思い切って窓を開けたが、母は何も言わなかった。網戸を通して吹き込む風が腕や首に気持ち良い。私は恐らく自分には母の禍が及ぶ事はないだろうと判断し、リュックサックの中からそっと『魔法入門』を取り出して手に取った。私には難しい内容だったが、これが自分にとって重要な本であるという確信はパラパラと頁を繰るだけで益々強まった。私は、立ち読みで見付けた文章を探した。それはオカルト本で名前を目にした事のあるダイアン・フォーチュン女史による魔法の定義で、簡単に見付かった。彼女によると、魔法とは「思うままに意識の中に変革をひきおこす技術」だった。最初この定義を目にした時、魔法によって物理的に女に成れるかも知れないと期待していた私は失望した。意識の中の変革であれば、既にやっていると思ったからだ。しかしよく考えると、自分の意識の中で女へと生まれ変わる事が本当に出来るなら、それで充分だという事に私は気付いた。死んで意識が消滅すれば、私にとっての世界は消滅する。世界とは正に自分の意識そのものではないか。北村晴男を見ていると、実際に念力によって物を動かしたり、テレパシーで他人と意思交換したり、ましてやヒマラヤの奥地にテレポートしたりする事が現実に起こり得ないのは明白だった。そんな事を無邪気に信じているとすれば、彼は全くの子供であるに違いない。本当の魔法の世界は、偏に意識の変革をこそ問題にしているのである。それが大人のオカルトだと私は思った。そして意識の変革を通して魔女となる事で初めて、自分の身に何か不思議な現象が起こるに違いないと期待した。『ヒマラヤ聖者の生活探求』には、テレポートや死の克服といった奇跡の記述が溢れている。それは北村晴男の信じている次元を超えた高い意識の次元に於いてのみ体験し得る、特別のリアリティなのだと私は思った。兎に角、北村晴男は既に私には幼稚過ぎた。二学期になってもし彼がそのままの彼でしかないならば、もう付き合いは止めるべきだ。

「ごぅあああーーーーーーーーーーっ！」

突然の叫び声と共に、コップが割れてマグカップが床に当たって転がる音がした。私はギョクッとして思わず手から『魔法入門』を取り落とし、表紙が折れなかった事を咄嗟に神に感謝した。台所を振り返ると、母が髪の毛を振り乱してテーブルの上の物を手当たり次第に父に投げ付けている。父は咄嗟に立ち上がって手をクロスにして防御姿勢を取り、投げる物のなくなった母は立ち上がって椅子の背凭れに手を掛けたが、流石に椅子を持ち上げる事は出来ず、そのままテーブルの上に上半身を投げ出して獣のような声を上げて泣き出した。その時一瞬私と目を合わせた父の、困惑とも悲しみともつかないその苦り切った顔を私は一生忘れないだろう。絶叫する母は両拳でテーブルを叩きまくり、父はそんな母に向かって、最もその場に相応しくない台詞を吐いた。

「佳枝、近所迷惑や！」

するとと母はキッと顔を上げると父に向かって唾を飛ばし、「そんなん知った事かいね！」と叫んだ。母の吐いた唾が父に届かずにテーブルの上に落ちるのを見て、こんな真似をする母は初めてだと思った。私は母の本気を感じた。これは演技ではない。母は本当に錯乱したのだ。目の前に本物の狂女がいる。しかしそれは私の夢想してきた狂女のイメージと何と隔たっていた事だろう。母が自分の頭を拳固で叩き始めた。大体合っているがそうじゃない、と心の中で私は叫んだ。そんなボクシングみたいにしないで、もっと高貴でエレガントに！

「佳枝、誤解や！」と言って父が母の両手首を握ろうとした。その時、今まで一度も聞いた事のない高いソプラノボイスが母の喉から発せられた。

「ヘンタイ！　ヘンタイ！　ヘンタイ！　ヘンタイ！」

私は咄嗟に彼らの狂態から顔を背けた。ひょっとするとその時の私の顔には、微かに安堵の笑みが浮かんでいたかも知れない。この瞬間母にとって父が、私以上のヘンタイとなったのは間違いなかったからである。


翌朝早く、母は私をそっと揺すり起こした。まだ夜は明けきっておらず、窓は暗かった。父は向こうを向いて背中を丸め、軽い鼾をかいている。「服着て、顔洗いなさい」と母は囁くように言った。暗くて表情ははっきり見えなかったが、疲れ切った声だった。恐らく一睡もしていないのだろう。身支度を終えると母が「帰るで」と言った。見ると母の背後に何かいた。暗がりの中、父が敷き布団の上で呆然と膝立ちをしている。私の視線を察した母が後ろを振り返り、瞬時にこちらに向き直ると、無言で私の手を握って玄関へと引っ張った。

「何もこんな時間に帰らんでもええやないか」父の声がした。他にも父は何か言ったようだったが「伸一、靴履きや！」「何ぐずぐずしてんの！」という母の声に掻き消され、よく聞き取れなかった。母に逆らう事など考えも付かず、言われるがままに玄関から外に出ると、夜明け前の冷えた空気が鼻腔を貫き、遠く東の空には傷口のような真っ赤な暁光（ぎょうこう）が見えて、私は胸一杯に冷気を吸いながらマンションの部屋が如何に息苦しかったかを思い知った。玄関扉が自動でガチャッと閉まったが、父が扉を押し開けて出てくる気配はなく、母に導かれるままエレベーターに乗り、我々はマンションを後にした。

フェリーでも電車でも母は石のように押し黙り、血走らせた目を見開いて虚空を凝視していた。父に別の女の気配を察知した母の直感が正しいのかどうか私には分からず、ひょっとすると全ては母の思い込みではないかという疑いはずっと心の中に残ったが、母の一念が父を捩じ伏せたという事実だけは認めざるを得なかった。私は「意識の中の変革」の実例を目の当たりにして、世界を意のままに創り変えていく力を母の中に注意深く探った。思い詰めた母の横顔を見ていると、客観的な現実など大して問題ではなく、如何に強く自分の世界の存在を確信出来るかが重要なのだと思われた。思念の強度によって、逆に現実などどうにでもなるのだ。これが魔法の極意に違いない。それと同時に私は、母が父との夫婦関係という実に個人的な些事に拘泥し、自分の力を無駄遣いしているように思えてならなかった。意識の変革が即ち世界の創造であるならば、母が雁字搦めになっているような下らないこんな世界はさっさとぶち壊して、全く別の新世界を打ち立てるべきではないのか。全人類規模での破壊と創造が、断行されなければならないのではないか。その偉業を達成出来るのは、選ばれた少数者だけだ。北村晴男のような贋者ではなく、本物の魔法使いの手による破壊と創造。「人が何といおうと、ここに隠れた力の顕現を見て、その奥にある真理に対して、ひりつくような渇きを感じるのは、恐らくごく少数の者だけであろう。だが歴史上、いくたびかふりかかってきた人類の危機を一身を投げうって打開してきたのは、つねにこれら勇敢な、真摯な創造的少数者であった。

本訳書『魔法入門』はこのような選ばれた少数者の座右に届けたい」

『魔法入門』の後書きに記されたこの言葉は、偶然T県の本屋でこの本に出会った私が、既に特別の運命を持った「少数者」の一人である事を裏付けているように思えた。私は選ばれた人間なのかも知れない。いや、きっとそうだ。私は美しい魔女として破滅した世界を生き延び、新しい世界に生きるだろう。

母は私にだけパンや駅弁を買い与え、自分はお茶を少し口にしただけで何も食べなかった。私は一人で食べながら、四十数年間生きてきた母が、何故このような駅弁や他の上品な料理のセンスを何一つ学んでこなかったのか不思議に思ったが、ずっと岩のように動かない母の頑なさを見ていると、それは能力の欠如と言うより母の意志だったのだろうと思った。見栄えの良い食材には毒がある、という思想なのだろうか。兎に角父や私が、母が一旦こうと決めた事を覆し、その意志を曲げる事が出来た例しは一度もない。今回も、真実はどうあれ父が母に勝利する可能性は零(ゼロ)に近いと思われた。

夕食を喫茶店で食べた後、スーパーマーケットで買い物をして家に帰り着いた時はすっかり日が暮れていた。T県の滞在は一週間の予定だったから、冷蔵庫の中身はほぼ空にしていった。その為母はスーパーで沢山野菜や肉を買い込み、レジ袋は指が千切れるほどの重さになった。家に辿り着くと母も私もへとへとで、互いに口も利けなかった。母は肉だけを冷蔵庫に入れると、レジ袋を置いたままのテーブルにドッと突っ伏し、動かなくなった。私は汗まみれの服を脱ぎ、力を振り絞ってシャワーを浴びた。そして突っ伏したままの母に「もう寝るわ」と言うと、母は組んだ腕から左手の掌を立てて私に応えた。数日振りに戻った自室はムッとして、開け放たれた押入からはまだ微かにシンナーの匂いがしていた。その瞬間甘い経験が蘇り、膝の力が抜ける。私は首を振り、窓を開け放って流れ込む夜気の香を胸一杯に嗅いだ。それからリュックサックから『魔女狩り』と『魔法入門』を取り出して書架に立て掛け、日記帳を机の上に広げた。書くべき事は沢山あったが、全てを記録する気力はなく、今の気持ちだけを簡単に記してからベッドに横たわろうと思った。

「もうすぐ世界は終わってしまうのよ。私にはそれが分かっているの。たくさんの人が死ぬんだわ。父も母も死んでしまう。それは悲しいけれど、どうしようもないことなの。でも世界の終わりは、私の白い肌やきれいな指、少しふくらみかけた胸や丸みをおび始めた腰、整った顔や栗色の髪、そして私の持つ特別な力を、少しもそこなうことはできないの。私は選ばれた少数者だから。今回の旅でも、電車の中やフェリーの中で、たくさんの男たちが私に性的なまなざしを向けてきたわ。でも私は、いずれ死にゆく運命の彼らを哀れに思うばかりだった。彼らは明らかに私を欲しがっていた。そのあからさまな欲望の視線は、私をとても悲しませたわ。私はじっと読書しながら彼らを無視していたの。ページの上をすべる私の指を、彼らは食い入るように見てきた。この指が何のために存在するのかを、彼らは少しも理解できなかった。世界が滅ぶ時、私の美しい指は神秘の印を結び、宇宙の力を引き寄せて、私を安全で特別な時空へと運ぶ役割を果たすのよ」

これでは北村晴男の妄想と同じではないかという気がした上に、欲望に満ちた男達から自分が完全に守られてしまっている設定に私は不満を感じた。自分の存在が犯し難い美の顕現であるという点は良い。しかし恰も蓮の華が汚れた泥の中に咲くように、自分の周りの人間達はもっと不潔であるべきだ。そして彼らが野蛮な暴力性を発揮して私に襲い掛かってくるようなシチュエーションでなければ、面白くも何ともない。私の持つ美が、手酷い扱いを受けてボロボロにされても尚少しも傷つかない絶対のものである事が証明されるのでなければ、話にならないのである。

「ああ、とても眠いわ」

そう書くと、私は日記帳を抽斗の中の大判の数学の参考書の間に挟んで隠し、ベッドの上に体を投げ出した。部屋の灯りを消す力も残っていない。私はペニスを握ったまま、眠りの淵へと引き摺り込まれた。金縛りが、大きな口を開けて私を待ち受けているのが分かったが、地平線に蟻の大群を示す黒い線が現れる度に、体を動かして抵抗した。何度か危うい瞬間があったが、頭の中に消え残っていた小さな光の点も睡魔に屈していつの間にか泥のような眠りの中へと溶けて行った。

朝、目覚めて階下に下りると、居間の奥の畳の部屋に敷かれた布団に母はまだ寝ていた。薄手の掛け布団から背中と脹ら脛とが覗いていて、足下の扇風機の首が叩きのめされたように深々と項垂れている。私は母に近付き、布団の周囲に漂う汗と呼気と体臭の混ざり合った匂いを嗅いだ。T県の父の布団にあった人工的な甘ったるさより、母の放つ獣臭さの方がまだ耐えられる気がしたが、暫く佇んでいると胃が気持ち悪くなってきた。腸が鳴った。私は腹が減っていたのだ。時計の針は午前八時を指していて、母がこんな朝寝坊をするのは極めて稀な事だったから起こすのは躊躇（ためら）われた。しかし私は自分で朝食を準備した事がなかった。

　母の脚が擦り合わされて乾いた音を立て、向こうを向いた口がチャプチャプと鳴った。起きて来る気配は全くない。私は台所へ行き、冷蔵庫や戸棚の中を探った。昨日買ったばかりのビスケットやポップコーンの袋を開けるのは憚られたが、茶箪笥（ちゃだんす）の中に食べ掛けのビスコの箱を見付け、自室に持ち帰って残らず平らげた。その日も暑くなりそうで、二階の窓から見える砂利道は、溢れんばかりの陽光を受けてすっかり色が飛んでいた。雑木林の木々の葉も、次第に高じてくる暑さに耐えるのが精一杯というようにじっと沈黙している。机の抽斗（ひきだし）の中には業務用のホチキスで暴力的に綴じられた分厚いプリントの束が入っていて、それが私の夏休みの宿題だった。持ち上げてパラパラと繰っていると、その分厚さもさる事ながら、これを作った教師達の、生徒の自由時間を奪う為だけにどこかから適当な問題を掻き集めて何かしたような気になっている満足面が目に浮かんで腹が立った。特に北村晴男を苛める理科教師の出題は一目見ていい加減で、字も薄く読み難かった。そもそもこの理科教師は板書時もチョークを極力長く持ち、筆圧を最小限にして蜘蛛の糸のような字を書いたので生徒からの評判も悪く、或る時大山田絵里子がクラスを代表して「もっと濃い字を書いて貰わへんかったら後ろの席からは全然見えません」と文句を言いに行ったが、「ほっほっほ」と笑うばかりで一向に改まる事はなかった。生徒に見えないような薄い字で板書する事によって一体この教師が何を得ているのか見当もつかなかったが、その精神性の低さだけはクラスの皆が感じていたと思う。私は冊子を抽斗の中に戻し、机に頬杖を突いた。

夏休みはまだ始まったばかりで、メインイベントと位置付けていたT県への旅行が中途半端に終わってしまった事で、先の見通しは益々茫洋としてしまった。学校から解放される喜びはとうに色褪せていて、単調で膨大な時間が凪いだ海のようにどこまでも広がっている感覚に呆然とする。本当は眠ってなどいないくせに朝寝坊を演じる事一つを取ってみても、まだ一ヶ月以上残っているこの先の母との日々が思いやられ、ただひたすら面倒臭かった。どうして大人達は、浪漫も神秘もない極めて即物的な問題ばかりを好んで抱え込むのだろうか。しかも母が、実際以上のダメージを受けたかのような演技をするのも気持ち悪かった。今回母が、本当に床から朝起きられないほどのダメージを父の所行から受けたとは思えず、精神の強度は父より母の方が数倍強いのは明らかであったから、寧ろ父の方が打ちひしがれたに違いないと私は見ていた。しかしその一方で、私は今一つ父の言動も信用出来なかった。たとえばシンナーで塗装の若い奴が何人も駄目になったという話も、よくよく考えると出鱈目に違いない。駄目になったというのは廃人になったとか仕事をクビになったという意味だろうが、経験から言ってシンナーごときでそんな事になるわけがない気がした。あれはシンナーを吸った事のない学校教師達と同じ、お定まりの警句に過ぎなかったのだ。かくの如く父は平気で嘘を吐く。私にも母にも、そして恐らく誰にでも。それが悪いというわけではなく、相手を最後まで騙せない父の嘘の稚拙さに私は腹を立てた。どう見ても父は母より格下だ。その為に結局私までそのとばっちりを食らう羽目になる。まさか今日から母の看病をしなければならないなどという事はないだろうな。そんな夏休みは一日たりとも御免で、父と母とのトラブルに私は一切巻き込まれたくなかった。夏休みは純粋に私だけのものだ。たとえどんなに時間を持て余そうとも、親の面倒をみる為に費やす時間は一秒たりともないのである。

窓を開け放ったまま、短パンとランニング姿で横向きになって暫くウトウトしていた。暑さで目が覚め、汗でくっついた内腿を引き剝がし、上体を起こして汗ばんだ胸板を指先で撫でる。すると自然に掌が乳房へと横滑りし、もう一方の手が短パンの中へと滑り込んだ。淫夢の続きか、羞恥と恍惚（こうこつ）とが縒（よ）り合わさったぞわぞわするようなシチュエーションが一瞬脳裏を掠め、慌てて捕まえようとした途端に雲散霧消した。その瞬間私は、一人ではとてもこの夏を乗り切れないという確信めいた思いに捕らわれた。夢の中では誰かの手によって弄られていた私の裸体が、今はただ自分の手によって触られている。まるで独房に閉じ込められたような味気なさである。誰でもいいから、私自身から私を解放してくれる手が欲しかった。私は出口を求めていた。しかしそんな手は一体どこにあるのだろうか。

部屋から出て廊下の窓を開け、サンダルを履いてベランダに出た。鉄柵に体を押し付けて、目を細めて雑木林を見る。陽に蒸された無数の葉が吐き出した呼気が、この窪地全体にどんよりと溜まっているような息苦しさを覚えた。私はむっとした青臭さを胸一杯に吸い込み、自分の内腿を擦り合わせた。そしてその場にしゃがみ込むと軽く膝を突き、自分の汗ばんで艶を帯びた二本の太腿を眺めた。鉄柵の間から改めて雑木林を見遣ると、左方向から右の方へと痙攣のような震えが走り抜けて枝葉を揺らした。そして少し遅れて私の頬にも、温い微風が吹き付けた。森は何か言おうとしていた。

「何？」

私はその場にお尻を落とし、きゅっと三角座りをした。

「何なの？」

私は大山田絵里子然として背筋を伸ばし、田辺沙織の顔になって雑木の森を凝視した。ドバトが一声鳴いて促してくれたお陰で、森はすぐに口を開いた。

「おいで」と森は言った。私はその懐かしい響きを噛みしめた。そして西村京子の身のこなしで頷くと「分かった」と答えた。一瞬自分が完成された姿になったように思ったが、完全さに至るにはどうしても森の中へと分け入る手続きを取らねばならないと分かってもいた。目の前の森は実際には単なる雑木の疎林でしかなかったが、それはどうしても森である必要があった。なぜなら魔女が棲むのは森の中と相場は決まっているからである。私の欲求の照準が定まったこの瞬間、家の中からトイレの水の流れる音がした。

　階下に下りると、突然洗面所からアオサギのような鳴き声がしたので私は息を止めた。覗くと乱れ髪の母が洗面台に頭を垂れていて、下唇から太く透明な唾液の柱をぶら下げていた。「大丈夫?」と訊いたが母は答えず、ペッペと唾液の柱を切り落としてから、更に一つアオサギの声を張り上げてえずいた。母の胸の深い場所から「コカッ」という乾いた巨大なゲップが炸裂した。そして暫くすると、クリームシチューを限りなく水で薄めたような嫌な臭いが漂ってきたので私は息を止めた。胃の中に何も吐く物がないから母は洗面所にいるのだった。本当に吐くつもりなら、母はトイレの便器に向かって蹲(うずくま)っている筈である。やがて母は顔を上げ、背筋を伸ばした。肩で息をしながら、鏡に映った自分の顔を睨み付けている。鏡の中の母は涙目で、その顔は見慣れない虚像であり、それは母に瓜二つな分一層知らない人間に思えて不気味だった。母が水道のカランを捻って口を漱(すす)ぎ顔を洗い始めたので、私は居間に移動してソファに腰を沈め、心を空にした。ソファの背後には本棚の壁があり、その中には私が五千円近い金額を抜き取った父の古銭のバインダーがある。私が父の本棚から抜き取ったのは、しかし古銭だけではなかった。それは部屋の机の一番下の抽斗の中に入れてある。その大きな抽斗の中には、私が通学途中の雑木林の中で密かに拾い集めた収集物が隠されていて、父の本棚から失敬したブツはその最も底に秘蔵されていた。コレクションは増加の一途を辿っていたが、私はどうしても蒐集を止められなかった。

洗面所から出てきた母は、軽い咳をしながらソファの背後を通り過ぎ、奥の畳の間の布団の中に潜り込んでしまった。まだ寝るつもりなのだ。私はソファから立ち上がり、天井を眺めている母に声を掛けた。

「昼御飯は?」

母の頭が枕の上で回転して私の方を向き、再び天井へと向き直った。

「要らん」と母は言った。

「僕の昼御飯は?」

「田代商店でパンでも買うて食べ」

「お金は?」

「バッグの財布から百円持っていき」

私は母の枕元に跪き、バッグから赤い布製の財布を取り出すと硬貨を抜き取り、財布をバッグに戻した。立ち上がってその場を立ち去ろうとすると「伸一」と母が呼び止めた。

「何？」

「気持ち悪い」

母が小さなゲップをした。時間は正午に近かった。

「どうしたらええ？」私は訊いた。母は黙って枕の上で首を左右に振った。涙に覆われた眼球と、乾いた唇、皮の薄い小鼻とを私は見た。

「洗面器に新聞紙敷いて、ここに置いといてくれるか」

「分かった」

和室から一段下がった居間に下りた時、短パンのポケットの中で小銭が鳴ったので私は咄嗟に咳払いをした。母の溜め息が聞こえた気がした。洗面所で百円硬貨を一枚ずつ左右のポケットに振り分け、風呂場から持ってきた洗面器に新聞紙を敷いて母の枕元に置いた。

「ビニール袋とちり紙も」と母が言った。知らぬ間に母の介護をさせられている自分に気付いたが、やらないわけにはいかなかった。その分の損失は、こっそりと利益をせしめる事で補塡すればよいのだ。

「ほな行って来るで」と言うと、母は目を閉じたまま、布団の上に寝かせた手を力なく立てた。私は解放された。行き先は当然、田代商店だけではなかった。玄関を出た時、母の声がしたような気がしたが聞こえない振りをした。外に出ると夥(おびただ)しい光と熱に晒されて頭の中が一瞬真っ白になった。私は短パンの左右のポケットに手を入れ、それぞれの百円硬貨を指で撫で回した。

田代商店では、クリームパンとチョコクリームパン、そしてコーヒー牛乳を買った。田代の婆さんは、少し高めの木製の丸椅子に腰掛けて脚を組んでいた。膝下のストッキングを穿いた彼女の脚は細く、組んでいるので幾分膨らんで見える脹ら脛は、恐らく母の半分ぐらいしかないだろうと思われた。首に巻いた薄手のスカーフは鮮やかな花柄で、どこかパリの場末にいる娼婦の成れの果てのような雰囲気があった。よく見ると目鼻立ちもはっきりしていて、若い頃は美人だったに違いない。しかし丸椅子から下りてパンを紙袋に入れ始めると、単に背の低い虫のような老婆に戻った。釣り銭を渡された時、彼女の中指の爪に垢が溜まっている事に気付いた。田代の婆さんは爪をパチパチ鳴らしながら、その垢を取るのだろう。その垢は、体のとても汚い部分の死んだ皮膚かも知れなかった。

私は紙袋を持って店を出た。そして坂を下り、家から見られていないか注意しながら雑木林の中に飛び込んだ。斜面を上り、前回と同じ場所に腰を下ろしてパンを齧り、コーヒー牛乳で喉に流し込む。何度か蜂の羽音が耳元を過ぎり、その度に首を竦めた。食べ終わると周囲を窺い、素早く全裸になってみたが、汗ばんだ体は熱の衣を羽織っているようで、脇の下からは汗が流れ落ち、少しも裸になった気がしない。裸足になって少し歩き回る。羽虫や蜘蛛の巣ばかりが気になった。一陣の風に全身を撫でられた瞬間だけゾクッとしたが、風はその一度切りしか吹かなかった。暑過ぎて全く集中出来ない。私は諦め、服を着た。汗でべたついて、ランニングシャツのどこかが破れた。靴を履いて暫くすると足に痛みを感じ、慌てて脱いだ靴をひっくり返すと、中からハサミ虫が一匹落ちて来て土の上を泳ぐように走り去って行った。

「何ですか?」私は怒った顔を作って言った。

「せっかく来たのに」

悪魔は昼間は眠っているのに違いなかった。

それから母は何日も殆ど物を食べずに臥せっていたが、一週間ほど経った或る日の午後に急に階下から「伸一!」と声がして、下りてみると白いワンピースの寝巻きを着て居間に仁王立ちした母が「母ちゃんは潔白や」と言った。さすがに幾らか頬がこけている。

「うん」

「良心と魂に懸けて母ちゃんは潔白やで」

私は小さく頷いた。父の浮気は疑わしいが母の方にはその疑いはない、そんな事は言われるまでもなく私にも分かっていた。母には、浮気出来るような器用さも色気もセンスもなかった。そんな母が、どうして息子に向かって自分は潔白だなどと言ったのか、私にはまるで分からなかった。母の問題はもっと別のところにあるのではないか。

「伸一、買い物に行って来てくれるか?」

私は大きく頷いた。冷蔵庫の中にはもう殆ど食べ物が残っていなかったのだ。母は私の為に或る程度の料理はしてくれていたが、毎日野菜炒めか野菜煮込みのようなものばかりで、お菓子も尽き、田代商店のパンにもうんざりしていた。

私は嬉々として買い物に出掛けた。

その日から、母は目に見えて元気になった。しかしもりもりと食べ始めたわけではなく、依然として食事の量は少なく、特に御飯は一口か二口しか口にしなかった。或る夜中、私は薄暗い台所で一人でポテトチップスを貪り食べている母の姿を目撃したが、後で思い返すと夢だったかも知れない。私はスーパーマーケットでポテトチップスを買わなかったので、もしこれが事実とすれば、母は田代商店か或いは別の店に行って自分で買って来た事になる。しかし母がどこでポテトチップスを手に入れたかなどという問題は全く重要ではなかった。肝心な点は、拒食的な態度を取り続ける母が本当は何をしているのかという事である。私には母は例によって何か演技をしているように見えた。母が一体何を演じているのかという点こそが、私の最大の関心事だった。

母が居間で体操のような事をしているのを見た時、私はその腕の上げ方にどこか不自然なものを感じた。普通の体操にしては手の親指が意味ありげに他の指と離れ過ぎている気がして、まるで上方から何か有り難い物を押し戴くような格好なのである。又、台所の椅子に腰掛けて放心したようにじっとしていた時の母は、右足を左太腿の上に乗せ、右膝の辺りに肘を突いて指を顎にそっと添えていた。それは教科書に載っている京都広隆寺の弥勒菩薩の半跏思惟像そのものだった。以前ならば、ボーッとする時はテーブルに頬杖を突いて小指が鼻の穴に入っていた筈である。母が意識的に何かを演じているのは明らかだった。

自転車で市立図書館に行ったり散歩から帰って来る度に、私は自分の部屋をチェックした。私は部屋のあちこちに、誰かが本棚の本や机の抽斗に触れると、挟んでおいた髪の毛が動いたりなくなったりする仕掛けを潜ませておいたのである。髪の毛は、何度かなくなったり落ちたりしていた。そこで或る日、私は本屋に行くと言って家を出て、敷地の外周を回ってフェンスを乗り越えて家に戻った。窓の外からそっと居間を覗くと、私が出て行った時と同じ姿勢で母がソファに横になっている。その日はそのまま何も起こらなかったが、何度かそんな事を続けている内に、或る日私は、風呂場から出てきて居間の真ん中で全裸で踊り出す母の姿を見た。フォークダンスのように隣同士手を繋ぐポーズでクルクルと回っていたかと思うと、両手を高々と上げて伸び上がり、急に坐り込んで三角座りしたりと実に目まぐるしい。その母の姿を見て私は驚愕した。それは一つには、小太りの母の弛んだ乳房や腹が幾分引き締まっており、伸び上がった瞬間に若々しいエロスを帯びているのに気付いた為だった。腹回りの肉が削げ落ちた分、括れもはっきりして尻が大きく見えた事も私を勃起させる大きな要因となった。そしてもう一つは、母の体操が間違いなく、私の持っているオカルト本の全裸の男女が踊るサバトの写真を模している事に気付いたからであった。

やがて全裸の母がソファに横たわり、目を閉じた。右膝を折り、両手を頭の後ろに回している。画家に向けてポーズを取るかのようなその姿は、見ようによっては知らない女に見えた。腋の下と下腹部にモズクのような三つの毛の塊がある。母の右手が頭から外れて股の毛を隠し、チャプチャプと音を立てるように唇が動いた。私は軽蔑と羨望の眼差しで母を見た。すると母の右手の指が股ぐらを掻き始め、太腿がゆっくりと開いていった。瞼の隙間から覗いた目は白く裏返り、指の隙間からはみ出た黒々とした肉の襞が、指に揉まれて伸びたり縮んだりする。私が股を掻くと「掻いたらあかん」と注意する母が、こんなにも自分の性器を掻いている。私は眉間に皺を寄せた。一瞬股から浮いた母の指の腹がキラッと光ったように見え、その瞬間母の口から「をっ」という声が漏れた気がした。私はギョクッとして窓から身を剝がし、フェンスを越えて家の敷地外に飛び降りた。どうしたらいいのか分からないほど興奮し、動転していた。家の周囲の雑草が、私の背丈の倍の高さに伸びている。ムッとした草いきれに息が詰まった。雑木の森は静まり返っている。家の中にサタンが入って来たとすればもう逃げ道はない。ガサガサと音がして、田代さん家の脇の坂道から何かが転がり落ちて来て雑草に突っ込み、草の穂先が激しく揺れた。同じ事が時間を置いて二度起こった。野良犬だと分かっていても、田代のおっちゃんと婆さんとがサタンに殺られて死んで落ちて来たのだと思う自分を抑えられない。私は死の臭いに縮み上がった。そしてサタンに鷲掴みにされたかのように、雑木の森の中へと引き摺り込まれた。

その日から私のペニスはちょっとしたきっかけで手が付けられないほど熱くなり、火を噴きそうになった。火を噴けばガスに引火して、終末の劫火が忽ち世界を焼き尽くすに違いなかった。気が付くと全身が燃えているのである。服を上半身まで捲り上げ、ズボンとパンツを踝までずり下ろして、汗に濡れた体を撫で回しているとボロボロと黒い垢が沢山出て来た。確か自分に与えられた素敵な贈り物があった筈だと考えたが、思い出せない。窓からの陽光に照らされた汗まみれの自分の下半身を眺めながら、なかなか言う事を聞かないペニスを無理矢理に股の間に押し込んで股を閉じると、そこに現れたY字の形こそ私への贈り物だった事を思い出した。階下に裸の女がいるのだ。母に化けて家に上がり込んだその女は、私の望む全ての美点を備えている筈だった。女が逃げ出す前に捕まえて、どうしても乗り移らなければならない。パッとその場に立ち上がると忽ち世界が裏返り、もんどり打ってベッドの上に倒れ込んだ。口の端からだらしない笑いと唾液が漏れた。尻がゾワゾワし、体の全ての細胞がとろんとろんになっていく。これ以上の快感は考えられない。私は何としてでも、母より先に美しい少女にならなければならなかった。

母が私の短パンを借りたと言って見せに来た時、私は目を剝いた。短パンはパッツンパッツンで、今にもはち切れそうだった。そのでかい尻を振りながら、母は田代商店に買い物に行くと言って出掛けて行った。退屈で息が詰まりそうな日々にあって、私は母の悪ふざけに久し振りに大笑いした。そして母が行ってしまうと、二階に上がって納戸の窓から母の姿を探した。田代さんの家の脇の坂を母が上っていくのを確認すると、私は階下の寝室に入って大急ぎで全裸になり、箪笥の中の母の下着を物色してセクシーな柄のパンティとブラジャーを選んで身に着けた。何度仕舞い込んでもペニスはパンティからはみ出し、その意のままにならなさが何故か無性に嬉しかった。そして鏡台の前に腰を下ろすと、布を捲って鏡の中の自分を見ながら紅を引いたが、どんなに唇を窄めても物足りなかった。私は押入の中を探し、円筒形の箱から栗色の鬘（かつら）を取り出して被った。すると奇跡のように一瞬で私は女になった。私は母に勝ったのだ。何故なら私は選ばれた人間だからよ。こんな女になってしまって、嬉しくて切なくて哀しくてどうしようもないわ。でもいいの。もう決めたことだもの。男だった私はどこにいってしまったの。この問題の方が、夏休みの本当の宿題だったのかもしれない。でももう宿題なんてどうでもいいわ。世界は没落してしまったんだもの。

或る晩、母が手をヒラヒラさせながら酔ったような目をして私に言った。

「外の世界は終わるんやで伸一」

その瞬間、私は恐らく物凄い顔になっていたに違いなく、母も突如ナマハゲのような顔で私を見返してきた。

「終わるって何？」

私は問い返した。

「サタンが来たんや」

そう言うと、一転して母の顔に笑みが浮かんだように見えた。

「何やそれ」

「でも大丈夫や」

「…………」

「母ちゃんがサパトに行くから」

「だから何それ」

「サパトに行くんや」

「そこに行ったらどないなるん？」

「生き残るんや」

「どうやって？」

「テレフォートするのや」

私は絶望した。そして「ふーん」と言ってその場を離れた。自室に戻って女日記を確認すると、確かに「サバト」の「バ」が「パ」に見える箇所が二カ所あった。私は何が起こっているのかを真剣に考えた。

「私はサバトでサタンと交わるのよ。サタンがどんなかっこうをしていようと、たとえ人間の男に化けていようと、たとえ雄ヤギだろうと、美しいこの体を捧げることを私は決してためらわないわ。私の美しさは決してそこなわれることはないの。たとえこの世界が終わったとしても」

日記の中の自分の言葉が、ノートから蒸発して母によって奪われていくような気がした。結果として私の中に残ったのは、燃えるような憎しみの感情だけだった。母は潔白どころではなかった。私は怒声を抑えた。そして紙が破れるほどの筆圧で、日記帳に文字を刻んだ。

「絶対に許さないから」

母の食欲が戻ってきた夏休みの半ば過ぎ頃、実は自分も母に食べられつつあるのではないかという確信に全身を貫かれ、突如として猛烈な焦燥感に捕らわれた。見回すと、部屋が牢獄に思えた。私はメモ用紙に番号をメモすると、半ズボンとTシャツに着替えて階下に駆け下りた。「ちょっと自転車乗り回して来る」、そう言うと、母はチラッとこちらを見て黙って頷いた。私は逃げるように家を出た。立ち去り際に、母が私の名を呼ぶのが分かった。自転車に跨がってペダルを踏み込み、坂の下で家の方を振り返ってみたが母が家から出て来る気配はなかった。私は自転車を押して坂を上った。

公衆電話から電話すると、北村晴男の母親が出た。初めて彼の母親と話したが、驚くほど普通の母親という印象だった。母より声が若い。北村晴男は昼寝をしていたらしい。

「自転車で山下池公園に行かへんか？」私は言った。北村晴男は最初は躊躇っていたが、次第に頭がはっきりして来た様子で最終的に「ええで」と答えた。言葉だけで彼を動かし得た事に私は喜びを感じた。二十分後、待ち合わせ場所の涅槃寺（ねはんじ）の前に彼はやって来た。自転車を漕ぎながら近付いて来る北村晴男の姿を見た時、数週間しか離れていなかったにも拘らず懐かしさで胸が一杯になった。彼はポロシャツと半ズボン姿で、制服姿とはまるで印象が違った。ヨーロッパの少年のようにも見えて誇らしい。

「綺麗な自転車やな」

「ししし」

「ほな行こか」

一体、北村晴男はこの長い夏休みをどんな風に過ごしているのか、超能力の修行はどこまで進んでいるのかなど興味は尽きなかった。


山下池公園は仮称であり、数年後に完成予定の造成中の公園だった。山下池という大きな池を広い森が囲み、その森を、連日数台の重機が煙を吹き上げながら切り拓いている。森の一部を生活道が貫いている為、立ち入り禁止区域とそうでない区域の境が曖昧で、危険だから立ち入らないようにという学校の生活指導部の警告を真面目に受け取る生徒は、大山田絵里子のような生徒を除いてまずいないに違いない。

　我々は、バス通りの歩道脇に自転車を停めた。その場所からは山下池が一望出来た。鉄柵に寄り掛かり、肩を並べて日を浴びた山下池を眺めた。水面には濃さの異なる幾つかの光の帯が幾何学的に広がっていて、その上を数羽の鴨が過ぎり、彼らが曳く三角形の波紋がその幾何学模様を複雑に解体し、組み替えていく。造成の進んだ森は全体的にとても開放的な感じで、危険な印象は全くない。紋切り型の教師の言葉に心底うんざりした。

「下りてみよや」と言うと、北村晴男は黙って頷いた。自転車をその場に残し、森への道を我々は下りて行った。木漏れ日が目にチカチカした。一番暑い時間帯だったが、バス通りと比べて陽光の刺激はずっと和らいだ。私は歩きながら森の木々の奥や隙間に目を凝らし、人目に付かない隠れ場所を探したり、そこに裸の自分の姿を置いたりして愉しんだ。

「中村君」

　呼ばれて後ろを振り向くと、顔を紅潮させた北村晴男が髪を掻き上げながら「ちょっと歩くん速いわ」と言ったので、私は歩を緩めて彼と肩を並べた。

「夏休み入ってから何してたん？」私は訊いた。

「別に」

「旅行とかしたん？」

「してへん」

「もう宿題やった？」

すると北村晴男は突然「ししし」と笑い出した。私は彼を見て、今日は一段と受け口だと思った。

「するわけないやろ」

「ほやでな」

「あんなもんするかいな」

「斎木の問題見た？　糸屑みたいな字」私が理科教師の名前を出すと、彼は即座に「あんな奴死んだらええんや」と吐き捨てたが、品の良さは辛うじて維持されていた。彼の顔に木漏れ日が当たってそばかすが消え、歯の白さが際立った。

「見て」北村晴男に言われてその視線の先を見ると、煌めきを帯びた山下池が予想よりずっと近く、木々のすぐ向こうに横たわっていた。突然二人同時にスイッチが入り、我々は兄弟のように駆け出した。走りながら、北村晴男と同じスイッチが自分の中にあった事に喜びがこみ上げて、彼の肩を摑んで押し倒し、その上に馬乗りになりたいという狂おしい欲望に捕らわれた。

山下池の汀（みぎわ）には、泥に埋もれたペットボトル、弁当殻、釣りの浮き、発泡スチロールの箱といったゴミが目に付き、池の水はほんのりと臭った。近くに小さな閘門（こうもん）があり、池の水はそこから水路へと排出される事で一定の水位を維持している。私は靴の爪先で足元の泥を少し掘ってみた。粒子が細かく墨のように黒い。その黒は、人間の肌の色と決して混ざり合う事はないと思われた。その場に突っ立ったまま私は、しゃがみ込んで小枝で水の中の泥を掻き回している北村晴男の白い腕と脚とを見下ろした。そして、この池がもっと汚れていれば尚良いのにと思った。北村晴男の髪の艶に見惚れていると、数メートル先に大きな魚が跳ね上がったので二人揃って「わあっ」と声を上げげた。もし次の瞬間に北村晴男が私を振り向かなければ、私は思わず彼の肩に手を置いてしまっていたかも知れず、彼にその理由を問われて返答に窮したに違いない。

「あれは鯉やで」と彼は言った。私もそんな事は知っていた。その時、北村晴男は今も私の事を馬鹿と思っているのかも知れないと思った。

遠くでユンボが一台地面に穴を掘っていて、数組の人間が池の畔を散歩している。

「カバラって知ってるか?」と、彼の背後に立ったまま私は訊いた。北村晴男は小首を傾げた。

「魔女狩りは?」

「キリスト教のあれやろ」

「ダイアン・フォーチュンは?」

「うーん」

北村晴男は首を振った。こんなに素直に彼が自分の無知を認めるとは予想していなかったので、私は拍子抜けした。私は彼の後ろ姿を見下ろしていた。北村晴男は恐らく遠い目で山下池をじっと見ている。彼の髪の分け目から覗く如何にも子供っぽい盆の窪を、私は凝視した。そして思っているより彼はずっと子供かも知れないと考えた。今、背中を突き飛ばせば、北村晴男はゴミの浮いた池の中に頭から突っ込むしかないだろう。北村晴男は相変わらず小枝を池の泥に刺したり抜いたりしていて、恐らく暑さで何も考えられなくなっている。こんな人間が、ヒマラヤにテレポートして人類滅亡を逃れ得る事は絶対にないと思われた。しかし同時に、彼の首筋や指や腕、しゃがんだ脚の脹ら脛の膨らみ、出っ張った後頭部などを見詰めていると、彼の体重が四十五キロとして、それだけの容積を持つ決して小さくない一個の物体が約四十五リットル分の空気分子を押し退けて私の目の前に存在している事がとても不思議な気がしてきた。それは恰も、誰もいなかった空間に突然北村晴男がテレポートして来たかのような不思議さで、本当は存在しない筈の物が奇跡的にここに在るという奇妙な感覚だった。そして北村晴男のみならず、全ての存在がなぜここにこうして存在しているのかは、よく考えてみると一種の謎なのだった。

周囲はだだっ広く、山下池の汀の線は曲がりくねっていた。池のゴミは、閘門に近い我々のいるこの場所へと最終的に流れ着き、ここを離れるほどに池が綺麗になっていく事を私は知っていた。

多量の湿気を含んだムッとする空気が急に空から下りて来た感じがして、一瞬息が苦しくなる。

「移動しよ」私は言った。「もっと奥行こ」

「ええよ」

私は立ち上がった北村晴男と目を合わせた。私の顔には、我が子が初めて立つのを見た時の親のような表情が浮かんでいたかも知れない。「何？」と北村晴男に訊かれ「別に」と私は答えた。恰も彼が私の為に特別にここにいてくれているような、一種有り難い気持ちが湧き起こった。そして私は彼を誘って良かったと思った。もし誘わなければ、彼はここにはいなかったのだ。そんな当たり前の事がなぜか嬉しく、その喜びが山下池の水面の輝きと公園の森の豊かな緑によって一層掻き立てられるようだった。私は北村晴男を独占している自分が誇らしかった。誰も彼の私服姿をこんなに間近に見た事がないだろうと思い、一緒に日溜まりの中へと踏み込む度に、彼の二の腕に点在する黒子や、ほっそりしたアキレス腱や、滑らかな脹ら脛の膨らみなどの新しい秘密を次々に発見して、見慣れている筈の北村晴男の体から一枚一枚ヴェールが剝がれていくような新鮮な驚きを覚えた。

森の木は色々な形をしていた。丸い形、尖った形、くねくねした蔓、太いの、細いの、長いのなど様々で、緑の濃さもまちまちで、そして池も移動するに連れて刻々と表情を変えた。北村晴男と一緒にいると、普段は余り注意を払わない細かい自然の変化にいちいち目を留めて縋り付き、まるで池に棲む亀のように彼という存在の淵から浮上して息を継がなければ、緊張で息が苦しくなるような気がした。日はまだ高く、喉が渇いていたが自動販売機も水飲み場もなく、何より私のポケットには二十円しかなかった。北村晴男は幾らか持っているかも知れなかったが、しかしきっとそんなに多くはない。なぜなら彼の家はきっと貧しい母子家庭だろうからだ。確かめたわけではないが、私にはずっとそんな気がしていた。

「中村君」

そこはゴミのない水辺で、扁平な玉砂利が一面に敷き詰められた場所だった。その石を一つ拾って手の中で弄(もてあそ)びながら、北村晴男は私に言った。

「中村君は、大山田絵里子が好きなんやろ？」

「好きちゃうわ」私は否定した。

「あんなののどこがええんや？」

「好きちゃうって言うてるやないか」

「『魔法使いサリー』のよっちゃんそっくりやんか」

実は私もそう思っていた。しかし「魔法使いサリー」のよっちゃんのプロポーションは悪くないのだった。彼は持っていた石を池に向かって投げたが、石は水の中に没して水切りに失敗した。私も石を拾って投げてみた。私の石は三回跳ねた。北村晴男は何度投げても二回までしか跳ねなかったが、私は小刻みに連続して跳ねさせる事が出来た。

「大山田はブスや」疲れたのか投げるのを止めた彼は、池の波紋を見詰めながらそう言った。

その拗ねたような顔を見て、私は彼が大山田絵里子に嫉妬しているのかも知れないと思った。

　私が玉砂利の上に腰を下ろすと、北村晴男もその場に三角座りをした。我々は並んで、手近の石を拾っては池の中に放り投げた。ぼちょん、ぼちょんと音がした。周りには大きな石も幾つか転がっていた。私はダチョウの卵ほどの石を一つ、両手で頭の上に持ち上げた。そのままの姿勢で北村晴男の方を見ると、彼はこの日一番の笑顔で私を見返してきた。ダチョウの卵を投げると、手からすっぽ抜けてすぐ近くの水の中に落ち、跳ねた水を浴びて二人同時に声を上げた。それから我々はすぐに押し黙って空を仰いだ。何か重い物を引き摺るような音を聞いたからである。いつの間にか頭上に巨大な暗雲が伸し掛かっていた。再び、今度はもっとはっきりとした雷鳴を聞いた。やがて風が出て来た。枝葉が揺れてガサガサと擦れ合い、池の水面に幾つもの小波が走り抜けて行く。そしてタンッ、トンッと太鼓のような音がし始めた。離れた場所の水際を歩いていた何人かが森の中へと姿を消すのが見えた。

「降って来た！」と私は北村晴男に向けて言った。彼の背中に雨粒のドット柄が増殖して、あっという間に水色だったポロシャツを濃い青色に染めていった。北村晴男は濡れながら、眉間と鼻に皺を寄せてじっと池の方に顔を向けていた。彼には、雨を厭ってどこかに逃げようとする意思が全くないようだった。雨脚はどんどん強くなり、池の水面に無数の水の針が生えるのを私は見た。頭や腕に痛いほどの雨の中で、我々は競い合うように動かなくなった。髪の毛はぺしゃんこになり、パンツや靴下も水を吸って忽ち冷えて重くなった。ふと見ると、北村晴男は目を閉じて唇で何か唱えているように見えた。私は彼が瞑想によって、この莫大な自然エネルギーを自分の中に取り込もうとしているのではないかと思った。しかし一方でその瞑想めいた素振りは、突然の驟雨に体が固まってしまい、逃げる機会を失って濡れ鼠になるしかなかった北村晴男が咄嗟に編み出した虚しいポーズのようにも思えた。

雨はヒステリックな強まりを見せ、何度か暗雲の中で稲妻が光り、打ち上げ花火のような音が轟いた。周囲の色は全て混ぜ合わさり、世界は灰色っぽい単色に塗り込められていった。空と池、池と地面、地面と森とが明確な区別を失い、私と北村晴男も只雨に染まっていくだけの存在となった。私は雷が怖かったので、どこか屋根のような覆いがある場所に避難したかったが、北村晴男は私の呼び掛けにはまるで応じず、頑なに三角座りを続けるばかりだった。

やがて北村晴男が靴と靴下を脱ぎ始めた。突然顕わになった彼の素足を見て私は狂喜した。自分も裸足になりながら観察していると、彼は素足を水の中に浸して玉砂利を押し退け、その下の黒い泥の中へと爪先を突っ込んでいくのである。極めて粒子の細かい泥が水中で舞い上がり、黒煙を巻いた。すると更に驚いた事に、彼は指を鉤状に曲げた足でその泥を掻き出し、それを自分の脛に塗りたくり始めたのだ。犯し難い筈の無毛の脛が彼自身の足によって見る間に汚されていくのを見詰めながら、私はその行為が間違いなく性的な挑発に思え、同じように爪先で泥を掬って自分の脛に塗りたくった。黒く汚れた我々の脛は、時間の経過と共に雨粒によって洗い流され、中途半端に綺麗になった。すると再び泥を掬って真っ黒に塗り直す。そんな事を何度も繰り返した。雨の隙間を縫って泥が臭ったが、その不潔さが北村晴男の白く清潔な肌を一層際立たせる気がした。そして私はふざけて、泥を掬った自分の足の裏を北村晴男の脚になすり付けてみた。彼は一瞬ギョクッとしたようだったが、彼の方から私に同じ行為をやり返してきた結果、気まずさは綺麗に洗い流されたかに思えた。この池の泥は極めて微細で、足の裏で彼の脛や脹ら脛の感触を味わうのに邪魔にはならなかった。私はその時、北村晴男は大山田絵里子の事が好きなのではないかと気付いた。私に大山田絵里子の事が好きなんだろうと訊いてきたり、殊更に「よっちゃんそっくり」と腐したりしたのも、頭の中が大山田絵里子で一杯になっていればこそだったのではないか。するといつの間にか私の脚は、ひょろりとした、しかし決して貧弱ではない大山田絵里子の脚となっていた。この造成中の公園に、最も現れそうにない生徒が学校の指導に背いて姿を現したのである。北村晴男は、彼女が横に来ても特に驚いた様子も見せずにじっとしていた。二人はここで落ち合う約束をしていたのだろうか。そんな約束が可能だとはとても思えない。大山田絵里子は体に密着したTシャツを脱ぎ、更に背中に手を回して一瞬でホックを外してブラジャーを取り去った。痩せてはいるが、柔らかな皮下脂肪を感じさせる小振りの乳房。

「こっち向いて」

「……………」

「ちょっと触ってみて」

「…………」

「私、寒いねんやんか」

「…………」

「なあ、北村君って」

「やめろや！」

突然北村晴男に突き飛ばされた私は、「あぁ」と言って玉砂利の上に伏せた。私は自分の足を、異様なまでに彼の脚に懸命に擦り付けていたらしかった。何か言おうとしたが言葉にならず、ペダルを漕ぐようにして蹴り返してくる北村晴男の脚を避けるのが精一杯だった。次第に激昂した彼は私の顔を拳固で叩いてきたので、私は彼の手首を摑み、体ごと薄い胸板に押し掛かっていった。上半身を押さえ込み、その華奢な首に鼻先を埋めると雨と脂でヌルッとした。私は恥ずかしさで一杯になっていて、どうしても彼に顔を見られたくなかったので、ずっと彼の首に自分の顔を押し付けていた。彼が私の背中に手を回して抱き締めてくれなければ、全ては終わると思った。しかしそんな奇跡は起こる筈がなく、暫くすると体力のない北村晴男は私の体の下で脱力し、只息をするだけの存在になった。そして時々、唇から息を吐いてしゅぶしゅぶと雨水を吹き飛ばした。私は猛スピードで頭を回転させ、咄嗟に彼から体を引き剝がして「どないしたんや？」と言った。

「北村君、何かあったんか？」

「…………」

「何か今、僕……」

「…………」

「何かに憑依されてたみたいや」

彼は道端の枯れ葉でも見るように私を見てから、上体を起こした。彼が私について何か言う前にこの場の状況説明の主導権を握らなければ、確実に追い込まれてしまう。

「最近ようあるんや。誰かに乗り移られるんや。クラスの女の子とかに」

それは嘘ではなかった。

「ほな、今のは誰やねん」

「西村京子や」

咄嗟にクラスで一番美人の西村京子の名を出す。案の定、彼は満更でもなさそうな顔になった。矢張り少し馬鹿なのだろうか。すると彼の口から思わぬ言葉が出た。

「中村君の口、何か臭いで」

この瞬間まで私の頭の中に急ピッチで組み立てられていたあれこれのオカルト的エクスキューズの牙城が一瞬で総崩れになった。こんな攻撃は予想外だった。しかし確かにシンナー遊び以来、舌がおかしくなっているのも事実だった。味覚が鈍く、舌苔が妙に白っぽい。加えて口の乾きもあって若干の口臭があったのかも知れなかった。間違いなく熱く真っ赤になっているであろう私の耳は、幾ら雨に打たれても少しも冷めなかった。

「何やねん北村君は！」

私は突然怒声を上げた。

「超能力なんか全然身に付いてないくせに！」

彼に向かってこんな事しか言えない自分を哀れに思いつつ、一旦口に出した言葉を再び呑み込む事は出来なかった。北村晴男の顔から薄笑みが消えた。

「何一つ出来へんくせに。何が修行や！」

「…………」

「何が超人じゃ、何がテレポートじゃ！」

「…………」

黙り込む北村晴男に私は追い討ちを掛けた。

「嘘吐きっ、かなづち、貧乏人！」

恰も私の言葉に耳を澄ますかのように、突然雨粒が小さくなって辺りが静かになり、「貧乏人」という言葉が池の上を水切りしながら「ぼうにん、にん、にん、にん……」と遠ざかって行った。見上げると空の雲の一角が明るくなっている。このまま晴れたらきっと身の置き所がないと思い、私は焦って更に墓穴を掘った。

「北村君と違うて、僕はもうテレポート出来るんやぞ！」

俯き加減だった北村晴男が、顔を上げて私を見た。

「そんなん嘘や」

「嘘ちゃうわ。とっくに瞬間移動出来るんや」

「出来るわけないやろ」

「出来るんじゃ」

「中村君こそ嘘吐きやないか。しし」

「出来る言うてるやろ、この母子家庭！」

すると北村晴男は靴を履いてその場に立ち上がり、無言で立ち去って行った。私はその小さな背中を見て残酷な勝利感に酔ったのも束の間、忽ち後悔の念に苛まれた。雨は上がっていた。私は靴を履き、池の縁を歩いて遠ざかって行く北村晴男の姿を見た。一瞬私を振り向いた彼は、間違いなくまだここにいる私の姿を認めた。私は暫くの間ここから動かない風を装った。そして彼の姿が見えなくなった瞬間森の中に飛んで入り、猛然と駆け出した。

「テレポートする、テレポートする」と唱えながら、ぬかるんだ斜面に足を取られ、草で足を切り、摑んだ蔓で掌を擦り剝きながら私は必死に走った。途中で一瞬方向が分からなくなったが、兎に角上を目指した。そして自転車の場所からかなり離れたバス通りに出た時には、私の体内にエネルギーは殆ど残っていなかった。それでも私は最後の力を振り絞ってバス通り沿いの歩道を走った。
漸く自転車に辿り着いた時、坂道を上がって来た北村晴男と丁度ばったり出くわした。私に出し抜かれないように、彼も懸命に走って来ていたに違いなかった。我々は互いに荒い息を続けた。いつまで経っても呼吸は鎮まらなかった。雲間から太陽が顔を出し、草木と自分達の体から立ち昇る湿気とで、周囲は完全にサウナ風呂と化した。自分の口が臭いかも知れないと思うと吐きそうになった。何か言うべきだと思ったが、とても喋れる状態ではなかった。そしてやっと少し落ち着いてくると、今度は言うべき言葉が何もない事に気付いた。それは北村晴男も同じらしかった。我々が共有してきた世界そのものが、我々の体の水分と共に天に向かって蒸発して行くような気がした。

私はわざと北村晴男の反対方向の上り坂へと自転車を漕ぎ出した。彼もバス通りを猛スピードで下って行った。バス通りにはカーブが多い。私は彼がスピードを出し過ぎてハンドル操作を誤り、急カーブを曲がり切れずにトラックのタイヤに巻き込まれて死ぬ事を何度も想像した。

盆地の坂を下りながらふと見ると、家の壁を不自然な煙が何本も這っていたので私は驚愕した。母が家に火を点けたのだと思った。父と母の努力の結晶が燃えているのだ。煙の中で悶絶する母の姿が脳裏を掠め、私は「母ちゃん母ちゃん！」と叫びながら小石だらけの坂を危険な速度で走り下った。こんな恐ろしい出来事は、森の悪魔の仕業に違いなかった。だとすればそれは私のせいである。私は自分がしてきた様々な愚行に対する後悔で息が出来なくなった。

　家の前で自転車を放り出し、震える足を縺れさせながら門から庭に走り込むと、煙の向こうに母が立っていた。庭の土の穴から太い煙が立ち昇り、横に流れて家の壁に纏わり付いている。

「伸一、こっちに来なさい」母が言った。母が火掻き棒で湿った枯れ枝を掻き回す度に炎が噴き出し、煙が勢いを増した。母は燃え盛る枝の下から一塊の燃えさしの紙の束を掻き出し、火掻き棒でバンバンと叩きながら言った。

「これはあんたの机の抽斗にあった雑誌と写真や」

「うん」と私は頷いた。

「茶封筒に入っとったあの写真は、どこから手に入れたんや？」

「拾うたんや」

「嘘言いなさい」

「友達に貰うたんや」

「お前……」

「…………」

「あんな写真父ちゃんに見付かったら、警察に引っ張って行かれるで！」

「御免なさい」

「ホンマに、しょうもない事ばっかり」

私は弁当を捨てる前から学校の帰りに雑木林に寄り道し、落ちているエロ本を拾い集めてはこっそり持ち帰り、抽斗の中にコレクションしていた。エロ本の存在は、私以外にも雑木林の中でこっそりオナニーをしている人間がいる事を意味した。雨に濡れてヨレヨレになったりカピカピになったりしたエロ本が抽斗の中に溜まっていくに連れて、それは私にとって一種の免罪符になっていった。そのコレクションが母に見付かり、今将に庭で焼かれているのである。茶封筒の写真は裸の男女が性交するノーカットの白黒写真で、私はそれを父の本棚の中から見付けて自分のコレクションに加えていた。いずれ父は本棚から茶封筒が消えている事に気付くかも知れないが、私を問い詰める事はないと思われた。しかし古銭については訊いてくる可能性があった。私は母が生きていて、私の部屋から何十冊ものエロ本をここまで運ぶほど元気である事に安堵した。そして暫くの間、愚かな息子の蒐集品を処分する哀しい母という彼女の独り舞台に付き合わなければならないと覚悟を決めた。

夕食時に母が言った。

「明日父ちゃんが帰って来るで」

「そうなんや」

三浦に連絡を取って古銭を取り戻す事を一瞬考えたが、既に遅過ぎると思った。母と私は、山下池公園の土を掻く二台のショベルカーのように、それぞれの思いを頭の天辺から吹き上げながら黙々とカレーライスを口に運んだ。

母と一緒にいるのが嫌だったのでテレビも見ず、いつもより早い時間に風呂に入った。温い湯船に浸かって掌で顔を撫でるとヌルヌルして、「はー」と息の匂いを嗅ぐとほんのりとカレーの香りがするだけで少しも臭くなく、北村晴男に対する怒りが沸々と湧いて来た。彼はあの時、終末世界の惨禍から逃れる為の最重要の能力である筈のテレポーテーションの可能性そのものを、毫(ごう)も信じていない目をしていた。

部屋に戻ってオカルト本を眺めると、『魔法入門』も『魔女狩り』もすっかり魔力を失い、幾ら弄り回してもペニスはすぐに柔らかくなった。女日記を読んでみると、背中から覗き込んでいた三浦に日記帳を引っ手繰(たく)られ、クラス全員の前で大声で読み上げられるシーンを想像し、全身を羞恥という名の羽毛で何度も撫で上げられる気がしてブルッブルッと打ち震えた。しかも最も読まれたくない母に読まれてしまっていると考えると、叫び出しそうになった。そしてどうすべきかを考えた末に日記帳を抽斗の中に投げ込み、夏休みの宿題を引っ張り出して机の上に叩き付けた。鉛筆で表紙の名前の欄に署名し、国語の一問目の接続詞の問いの解答欄に「しかし」と答えを書き込んだ瞬間吐きそうになり、拘束具によって拷問台に縛り付けられた気がした。拷問台の上の私を、学校の教師達が次々に覗き込んでは笑っている光景が頭に浮かんだ。

ところが「そして」「だから」「にもかかわらず」と書き進める内に、勢いで要約問題や漢字問題にも手を伸ばし、カリカリという鉛筆の音や紙を捲る乾いた音を聞く内に、中学入学の頃に立てた「小学生の幼稚な自分から卒業して勉強に専念する」という誓いを思い出したりもして、結局その夜は深夜まで宿題に取り組んだ。数時間を勉強に充てたのは、期末試験以来だった。疲れてベッドに身を投げると、少しでも夏休みの宿題をした事で北村晴男に一杯食わせる事が出来たような気になった。彼は宿題に全く手を付けていないだろう。大山田絵里子や西村京子、田辺沙織はそんな外れた世界ではなく間違いなく規則正しく宿題をやっている世界の住人で、私も今夜初めてその世界に加わる事が出来たのだった。ざまあ見ろと思った。股の間に布団を挟んで腰を振っていると持続的な勃起が訪れ、二学期になって彼女達から性的なアプローチを受ける自分を想像しながら濡れ雑巾のような眠気に包まれた。

次の日の夕方、居間に入って来た父の頬には無精髭が生え、全身からは埃っぽい臭いがした。その時、母と私はソファに腰掛けてテレビのニュースショーを見ていた。女子学生殺人事件の現場を、中年の女性レポーターが中継していた。午前中にも宿題をした事で、私は母と一緒に過ごす資格を得たような気になっていた。母は相変わらず油断ならない敵であり許せない存在であったが、同時に私にとっては真っ当さの指標でもあった。そして私より遥かに真っ当でない父の出現が、私が母の側にいる事を一層正当化した。私は母の視線で父を見た。父は憔悴（しょうすい）しているように見えた。

「何な？」

テレビの横に突っ立った父に、母が言った。

「納得いかんので、戻って来たのや」

「納得いかんって、何がよ？」

「伸一に……」

突然自分の名が出たので、他人事だと思って聞いていた私は仰天した。すると父がその場にドンッと正座した。そして両膝に手を置いて俯き、肩を震わせ始めた。

「伸一に黙って帰ってしまわれるような、そんな不甲斐ない父親やったのかと思うと……わしは……わしは……」

そう言って父が泣き始めたのである。テレビ画面に幸せそうな家族がカレーを食べるＣＭが流れていた。父が泣くのを見たのはこの時が初めてで、私は目を剥いた。俯いた父の顔から、洟なのか涎なのか分からない透明の液体が真っ直ぐに垂れてきてブランコのように一揺れし、千切れてズボンの上に落ちて染みを作るのを見た。聞いた事のないしゃくり上げの声には、父が嘗てそうだった少年の名残が感じられた。私はすっかり動顛し、ふと隣を見ると母はまるで灯台のようにのっぺりとして大きく、不動なのだった。

「わしは、何ぞね?」

「わしは……情けのうて情けのうて……」

「情けないのはこっちやわ!」

すると父は息を詰めて顔を真っ赤にした。暫くすると父の鼻や耳の穴から「んーーっ」という超音波のような音が洩れ出してきて、突然口を開けて号泣し始めた。一目見てこれは本物の悲しみであり、私はその瞬間父の無罪を信じた。自分の親が泣き出す顔を見て釣られて泣き出さない子供がいるだろうか? 気が付くと私も父と同じように顔をくしゃくしゃにしていた。

「正直に言うまで私は許しゃせんで!」

「佳枝、誤解や」

「嘘吐きなさんな!」

母は父に向かってクッションを投げた。クッションはテレビに当たってスイッチを切り、居間は恐ろしいほどの静けさに包まれた。その時父が顔を上げて母と私とを見た。その顔が何故か空っぽの郵便受けのように見えて、私の胸は悲しみで一杯になった。

「ホンマや。何にもあらへんかったんや!」

「嘘吐け！」

「ホンマや。信じてくれ」

「謝れ！」

するとと父は絨毯に額をぶち当てて「済まん！」と叫んで我々に土下座した。どうして嘘を吐いていない筈の父が土下座する必要があるのか。

「土下座如きで許せやしません！」

その瞬間私の隣で、母が白い灯台から血も涙もない真っ赤な溶鉱炉に変わった。私は「もう許してあげたらええやないか！」と叫んだ。

「佳枝、許してくれ！」とここぞとばかりに父も叫んだ。

すると一呼吸置いて母が言った。

「うんにゃ、許しゃしません」

うんにゃとは一体何なのか。父の目から瞬時に光が消えた。私は母を化け物だと思った。

それから、長い沈黙の時間が流れた。窓の外に闇が下りてきて夏虫が鳴き始めた。空腹を覚えたが、時間が経つ内に麻痺してきた。父が脚を崩そうとして、母の顔をチラッと見て止めたのが分かった。母の鼻糞が鼻の穴を塞ぎ、息をする度に笛のような音が鳴り始めた。笛の音は暫く続いた後、やがて大きなクシャミを境に止んだ。クシャミの瞬間に母が小さく放屁した事に私は気付いたが、臭いはしなかった。一時間半ほど経過した頃、漸く母が口を開いて「誓いの言葉を書きなさい」と言った。

　その言葉に父は頷いた。

　足が痺れて感覚のなくなった父が壁伝いに立ち上がり、長い時間を掛けて本棚の引き戸の中の抽斗から便箋とサインペンを取り出してテーブルの上に置く様子を私は眺めた。そして父は、母に指示されるままに今後の自分の生き方について誓いの言葉を書き記した。父の字は自己流だが達筆である。父は自分の誓いの言葉を朗読し、母の許可を得た。これからは家族の事を第一に身を粉（こ）にして働くというような内容だったが、今まで父が真面目に働いてこなかったとは思えない。頑張って稼がなければこんな大きな家を建てられるわけがない。結局父は何をし、何をしなかったのだろうか。母の吐き出す瘴気（しょうき）によって徐々に窒息させられるような気がした。

「あんたも書きなさい」

　母に言われて私も誓いの言葉を書かされた。私は「これからはまじめに勉強してクラス一番になります。中村伸一」と書いた。その時私は本気で一番になろうと思った。母も何か書いていたが、その内容は分からなかった。母は三つの誓いの言葉を一つの封筒に入れ、仏壇の抽斗の中に仕舞った。こうして、永遠に続くかと思われた地獄のセレモニーが終わった。

父はトイレに行き、ドボドボと大きな音を立てて長い長い小便をした。

その日母は夕食を用意せず、一人で先に布団に横になってしまった。私は父が作ってくれたインスタントラーメンを食べた。父は玉子とネギと牛肉をフライパンで炒めて麺の上に乗せ「どや。旨そうやろ」と言った。その言葉には父親としての威厳はなく、弱い雄同士の仄かな連帯感のようなものだけを感じた。湯の入れ過ぎで薄味で、空腹であったにも拘らず大して美味しいとは思えなかった。食べ終わり、二人で食器を洗ってテレビを見ていると母の唸り声がした。振り向くと、布団の上で母が身悶えている。

「どないしたんや？」父が訊いた。

「背中が痛い」

「どら、揉んだろ」

「いらん」

「揉んだる」

父は母の元へ飛んで行き、母の体に手を置いた。すると母が「触らんどいて！」と怒鳴って父の手を撥ねつけた。暫しの沈黙の後、「伸一、こっちに来い」と呼ばれ、「母ちゃんの背中を揉んだれ」と言われた。母の背脂は、少し痩せたとは言え鯨みたいにパンパンだった。手を置いて指を伸縮させてはみるものの、とても揉んでいるとは言い難い仕儀で、父がもどかしそうに顔を歪める。すると母が両足をばたつかせ、「もうええ。脚揉んで」と言った。目の前に投げ出された母の二本の脚はすっかり脱力し、伸び広がった脹ら脛の表面に薄茶色の染みが点在していた。私が左脚を揉み始めると、父も恐る恐る母の右脚に手を伸ばした。母は何も言わず、交差した手の上に額を乗せて規則的に呼吸している。それから父と私は、黙々と母の脹ら脛を揉み続けた。時間の経過と共に互いの揉むリズムが接近して、やがて同じになった。掌が汗ばみ、ゲップをすると鼻からラーメンの匂いが抜けていった。父は、機械的に手を動かしながら何かを懸命に考えている風だった。

「痛い」と言って母が右脚を跳ね上げ、ハッとした父が「ちょっときつかったか?」と言った。母は黙っていた。

「済まん」

それから暫くして、母が「お前さん、分かったんぞね?」と言って洟を啜った。

「分かった」父が答えた。

「ホンマに分かったんか?　ズズッ」

「分かった」

「ホンマか?」

「ホンマや」

母はそれからもずっと洟を啜り続け、時々「ひっ」としゃくり上げた。漸く母が父を赦（ゆる）そうとしているかのように見え、すると父の顔が激しく崩壊し始めた。母に釣られて泣いていると思いきや、しかしよく見るとそうではなく、懸命に生欠伸（なまあくび）を嚙み殺しているのだった。

ろくに寝ていないのだ。そして遂に力尽きた父が、母に気付かれないように声を押し殺して、顎が外れるほどの大欠伸をした。奥歯の一本が真っ黒だった。欠伸を終えると父は眉間に皺を寄せ、口をへの字に曲げた。その顔はオコゼに似ていた。この男は有罪ではないかと私は疑った。

翌日の昼、父とレトルトカレーを食べた。母は居間のソファから動かなかった。

「美味いな」

「うん」

テーブルの下で父と足が触れ合い、私はギョクッとした。逃げると追って来て、父の湿った足裏が私の足の甲に被さった。父の顔を盗み見ると、半眼になって口の端に笑みのようなものを浮かべている。その顔には、これで全てが丸く収まり、以前通りの日常性が完全に回復した、と書かれていた。私の足はその証明として踏み付けられているのである。父の足が浮き上がり、足の甲で私の脹ら脛を撫で上げたかと思うと、足の裏で私の脛を撫で下ろし、それが三往復続いた。背中に悪寒が突き抜け、短パンの前が膨らんだ。

父はその日の午後、T県に帰った。私一人が門まで見送った。

「伸一」

「何？」

「お前、父ちゃんの古銭をくすねたやろ?」

私は咄嗟に首を横に振った。

「五千円分ぐらい」

「…………」

「盗ったやろ?」

私は再び首を横に振った。

「正直に言うてみい。怒らへんから」

どこかでアオサギが鳴いた。私は観念して「うん」と言った。

「何に使うたんや?」

「本を買うた」

すると父は私の前でしゃがみ込み、真っ直ぐに目を見て言った。

「伸一。嘘を吐く時は最後まで吐き通せ」

猛暑日だった。頭の中にキーンという音がしていた。

「途中で白状するような嘘は最初から吐くな」

何か物凄くいい事を言ったような顔を残して、父は立ち去って行った。父の革靴の足取りは地面から数センチ浮いているかに見え、間違いなくその心はT県へとすっ飛んでいた。矢張りこの男は黒だ、と私は思った。

二学期になった。

新学期最初の理科の授業で教師の斎木が、宿題をしてこなかった北村晴男を質問攻めにした。

「受精した卵子を何と言うんや晴れ男」

北村晴男は立ったまま一貫して押し黙っていた。それは敢えて斎木の質問を無視する徹底した反抗的態度にも見えたが、実際は質問の答えが分からない事を誤魔化すポーズに違いなかった。

「受精卵や。こんな簡単な質問も分からんのか。一遍、受精卵に戻ってゼロからやり直したらどないでっか晴れ男はん？　別人になれるかも知れまへんで」

受精卵に戻ってやり直せという斎木の言葉にはいつになく声の張りが感じられたが、この教師は翌年に病気で急死した。それは北村晴男が唯一発揮出来た超能力の成果かも知れなかった。

三浦が生徒指導の教師に呼ばれて何度か教室からいなくなり、やがて暫くの間学校に来なくなった。夏休み中に国吉が錯乱して傷害事件を起こし、それは三浦から手に入れたシンナーのせいだという話だった。三浦は教師の事情聴取に完落ちしていて、彼からシンナーを買っていた全ての生徒が芋蔓式に挙げられるという噂に不良連中は皆浮き足立っていた。既に両親にばれていた私は彼らほどには怖じ気付かなかったが、大山田絵里子達に知られるのは嫌だと思った。そして結局、教師の捜査の手が私に及ぶ事はなかった。

昼休みに一人で弁当を食べていると、大山田絵里子が近付いて来て「うわぁ豪華」と言った。「肉だらけやん」。私は慌てて蓋を立てると、茶色一色の弁当を隠し、「見んなよブス」と言った。しかし彼女は、私の弁当の見栄えの悪さには一切こだわっておらず、「ブスってひどーいっ」と言いながら無邪気に私に笑い返してきた。それは我々の間にあった余所余所しさの障壁が崩れた瞬間であり、それ故に大山田絵里子が一層ブサイクに見えた瞬間でもあった。そして彼女が私の弁当の地味さにこだわらないという事は、この先もし彼女に弁当を作って貰う状況が訪れたとしても、その弁当に希望はないという事を意味した。異性の存在を身近に感じる興奮と、この道を行くときっと面倒臭い事になるという予感とに同時に襲われ、私は咄嗟に彼女に対する判断を留保した。まだ何か言ってきそうな大山田絵里子を無視し、机の中から『魔法入門』を取り出して読む振りをすると、彼女はスカートの裾を一振りして私から離れて行った。その生脚の脹ら脛は、中一の時遠足で見た水族館のナマズの腹のように白く細やかな肌理だった。ふと目を上げると、北村晴男が大きく首を後ろに向けて彼女の後ろ姿を見送っている。そしてこちらに向き直った彼の涙目は嫉妬の炎で煮立っているように見えた。私は心の中で快哉を叫んで『魔法入門』を机の中に投げ入れた。この瞬間、北村晴男は私の中で終わったのである。

母が留守の或る日、私は自分の蔵書を衣装ケースに入れて雑木の森の中に入って行った。重かったので三度に分け、汗が噴き出た。地面に掘られた穴は、自然の窪みを利用したもので、全ての本を収める充分な深さがあった。全部入れてしまうと、持って来たシャベルを使って土を被せた。何度も上から踏んでは土を掛けた。土中の紙はいずれ腐って消滅するだろう。捨てた本の中には『魔法入門』も『魔女狩り』も女日記も含まれていた。自分のしている事がよく分からなかったが、体は元気良く動いて必要な事をした。作業を終えると、暫くの逡巡の後、服を脱いで裸になった。脱いだ服を衣装ケースの蓋に敷き、その上に、教科書に載っていた「受精卵から胎児へ」の写真を真似て私は体を丸めた。こういう事をするのは最後かも知れないと思った。風の中に秋の匂いが混じっていた。私は何かになろうとして北村晴男を当てにしたが、完全に失敗した。次は全く別の人間になりたかったが、この先自分が何になるのか見当も付かなかった。

耳元の蚊の羽音が急に遠ざかっていくような強い眠気に襲われて、ほんの数秒間気を失った。

ハッとして薄く瞼（まぶた）を開くと、目の前に不思議な形の鮮やかな緑色の光が揺れていた。目を開けてよく見ると、雑草が風に靡いているのである。私は上体を起こした。少し肌寒かった。頭が物凄くクリアになった気がして周囲を見回すと、雑木林と空の雲の輪郭が線でなぞったようにくっきりと見えた。それを見ていると、この世には超能力もサタンも存在せず、在るべきものが在るべき場所に在るだけであり、そしてそれだけで世界は充分なのだという事が脳に滲み込むようにはっきりと分かった気がした。

私は自分の裸を見た。それは美しい娘の裸でも魔女の裸でもなく、鳥肌の立った十三歳男子が股の間にペニスを挟んだだけの滑稽なポーズに過ぎなかった。私は慌てて服を着た。そしてシャベルを衣装ケースに入れて持ち、雑木の丘を下って行った。

私はもう女でもなく魔女でもないのだ。これで母に対して何も隠さなくて良くなり、母と下らない事で張り合わなくて済むのだと思うと、胸に新鮮な喜びが湧いた。生活に秩序を回復させる。学校や社会の枠の中で真面目な中学生になる。そして誓いの言葉に記したようにクラスで一番になるのだ。その時、大山田絵里子や北村晴男はどんな顔をするだろうか。わざわざ這いずり回って探さなくても、依って立つべき堅固な価値の体系は社会によって完璧に準備されていたのである。

次の目標は決まった。

私は夢想から抜け出して現実を生きるのだ。

雑木林から駆け出ると、耳を何かに舐められたような気がしてギョクッとした。振り返ると雑木が揺れて、奥の方からはっきりと「をっ」という獣の声がした。私は衣装ケースを放り投げ、家に飛んで帰った。

＊

私は五十七歳である。

八十六歳の父の心臓は何度か止まり、その度に辛うじて蘇生を繰り返した。

父はまだ話す事が出来、意識もしっかりとしていたが、最期の会話はその時は最期だとは気付かずに過ぎてしまった。

「何が食べたい？」と私が訊くと、父は「桃」と答えた。

「そうか」

「桃は……」

一匹の蚊が壁に止まった気がして、私は一瞬父の顔から視線を外して余所見をした。

「……果物やからな」

大して意味のない言葉だと思った。

いつの間にか父も顔を壁に向けて蚊を見ている。病院にこんなに蚊がいていいのかと私は思った。
気が付くと父は口を結び、きつく目を閉じていた。
後で看護師に訊くと、今の状態で桃を食べさせる事は出来ないと言われた。
眠ったらしい父を病院に残し、私と母は一旦家に戻った。

その日の夜、病院から父の容態の急変を知らせる電話があった。私は母を車に乗せ、病院に向かった。救急搬入口から病棟に入り、膝が痛くて走る事が出来ない八十七歳の母を引き摺るようにして病室まで辿り着くと、父のベッドを数人の医師や看護師が取り囲んでいた。一人の屈強な医師が、額に薄っすらと汗を浮かべながら父の薄い胸板に体重を乗せて心臓マッサージを施している。血圧は百二十を前後していて、私は一瞬希望を持った。
「今は心臓マッサージによって血圧は上がっていますが、自発呼吸はしていません。一旦止めてみます」別の医師がそう言うと屈強な医師が手を止め、背筋を伸ばして手の甲で額の汗を拭った。すると心拍の電子音が一気に間延びして、血圧は瞬く間に二十に下がった。一桁まで下がったところで再び心臓マッサージを再開し、彼らは血圧を百二十に戻してみせた。医師達が何を言おうとしているかを、私は理解した。それを強調するかのように、父の胸は屈強な医師の手によって二度と使い物にならないほどぺしゃんこに潰されているように見えた。母は口をモグモグさせながら、されるがままの父の姿をじっと見ていた。

私はプールで国吉に沈められた時の事を思い出し、息が苦しくなった。あの時私の命は国吉の手中にあった。今や父にとって死は、私にとっての国吉と同じく絶対に勝てない相手であるに違いない。病室で密かに胸一杯に空気を吸っても尚、不快な息苦しさが残った。いつか私が溺死させた鼠は、一刻も早い死を切望していた筈である。

「もう結構です」

私がそう言った時、母の首が一瞬痙攣したように横に振れた気がした。

「宜しいですか？」医師が訊いた。

「はい」私は答えた。

母は固まった。

心臓マッサージを止めると間もなく心拍の電子音がピーと平板な音に変わり、やがて無音になった。異様な静けさが病室に満ち、心臓マッサージをしていた医師の、まるで生きている事を誇示するかのような荒い鼻息だけが耳に付いた。もう一人の医師が腕時計を見て、死亡時刻を読み上げた。すると母がヒョコヒョコとベッドへと進み出て来て父の上に覆い被さり、その反動で父の酸素マスクがずれた。母の下手な泣き声と、涙など出ていないであろう目、医師や看護師の職業的な視線を受けながら小刻みに震わせる小さな背中を、私はじっと観察した。

心停止する度に鼓動が甦ったのは父の意思によるものではなく、医師や看護師が施した心臓マッサージの結果である。父は蘇生する度に目を丸くして「おおっ」とか「死にかけた」とか言い、まだ死んでいない自分に驚いてはいた。しかし命が助かった事や、母がまだ自分の側にいる事を喜んでいる様子はなかった。人生に於いてやりたい事は全てやり切ったであろう父は、寧ろ早くあの世に逝きたがっているように見えたし、実際にそう思っていたと思う。母は既に息絶えた父の体に縋り付き、「お前さんもうええ。私の為に、もう頑張らんでええんやで」と言っていたが、母がどんなにウエットな言葉を尽くしても父の死に顔は徹底してドライに見えた。

壁に、潰れた蚊が卍の形にへばり付いていた。

予め手続きを済ませていた葬儀屋に連絡し、遺体を運んで貰った。私の車が先導し「家に帰りたい」と言っていた父の希望を叶える為に少しだけ自宅に寄ってから、メモリアルホールで納棺した。

母と私、二人だけで線香を上げた。

棺の中の父の顔を撫で回しながら「お前さんは、ホンマに私一筋やったな」とか「私と一緒になれて、お前さんはホンマにええ人生を送れたな」と言い募る母の言葉を私は黙って聞いていた。それは私の記憶とは矛盾する、母だけに通じる物語だった。

深夜になって、我々は仮眠室に移動した。

私は、炊事場の冷蔵庫から瓶ビールを一本取って来て飲んだ。その間も母は、まるで堰が切れたようにポツポツと喋り続けていた。

「私は一遍たりとも、父ちゃんに反抗的な物言いをした事はあらへん。いっつも父ちゃんを一番に立てて来た」

「父ちゃんはどんな遅うまで飲んでも、たとえ明け方になっても、必ず私のおる家に帰って来て、定時に出勤した。絶対に遅刻したり、休んだりせなんだ。父ちゃんも偉かったけど、それはやっぱり私の力やと思う」

「犠牲になるのはいっつも私やった。父ちゃんにもあんたにも、えらい苦労させられたわ」

「どんな苦労したって？」

酒の勢いもあってか、私は反射的に母に問い返していた。

「どんな苦労て、あんた」

「ほやから、どんな苦労したんや？」

「赤い顔して」

「ほやから、わしの為に母ちゃんがどんな苦労したのかって訊いてるんやないか」

「子供を育てるんに苦労は付き物に決まってるやないの」

「その苦労っちゅうのは、具体的にはどんな苦労やったんや？」

「あんたの知らん、色々な苦労やないの」

勤めていた会社でリストラに遭い、妻と離婚し、親の年金を当てにして同居している私が親に苦労を掛けていない筈がない。しかし、止まらなかった。

「何が犠牲や、父ちゃんの方こそええ犠牲者やったんとちゃうんか」

「そんな事あらへん」

「父ちゃんに聞いたんか？」

「聞きました」

「何を聞いたんや？」

「何もかもやないの。夫婦やねんから」

「さっきから綺麗事ばっかりやないか！」

「うんにゃ、これは事実です」

「捏造は許さんからな！」

「事実を言うとるんやないの」

若い頃から連綿と続く母の自作自演の猿芝居が、父の死によって今将に大団円を迎えようとしている。母は美しく、可憐さの中に神秘性を秘め、頭が良く、常に正しい。間違っているとすればそれはいつでも母ではない他の誰かだ。そんな母が最愛の夫を失い、世界で最も美しく哀しい悲劇が感動のラストシーンを迎えたのである。母がこれを利用しない筈はなかった。そんな、母にとってだけ都合の良い物語の完成を土壇場で阻止するようにと、父が階下の棺の中から私に向かって叫んでいる気がした。父は母と違ってリアリストだったから、死んでまで、美しくも賢くも正しくもない母の茶番に付き合わされるのは御免だと考えたのかも知れない。

私は、病院で何度か死に掛けた時の父の顔が、私が中学二年の夏にT県のマンションで母が錯乱した時に見せた、困惑とも悲しみともつかない苦り切った顔そのものだった事を思い出した。それ故にその顔に既視感があったのだ。あの時マンションで父は、母の姿に自分の力ではコントロール出来ない異様で真っ黒な恐ろしい力を見たのだろうか。

しかしそれは母の持つ力ではなく、母という一種の罅割れが垣間見せた向こう側の世界だった気がする。

私は立ち上がって炊事場に行き、もう一本ビールを開けて飲みながら煙草を二本吸った。すると気持ちが落ち着いて、さっきまでの母との口論がふと馬鹿らしくなった。

飲みさしの瓶を持って仮眠室に戻ると、布団を被った母がこちらに背中を向けて丸まっていた。腰を下ろして残りを飲み干すと、急に酔いが回った。

息子との口論によるものか、或いは父を思ってか母が洟を啜っている。目の前の母は小さく非力に見えた。よく考えると母の物語は凡庸で、退屈極まりない。こんなストーリーに満足出来る程度のスケールの小さな人生なのだと思うと、哀れにも思えて来る。

しかし私は心の底で、決して母を認められない自分を知っていた。

夢想によって現実を捻じ曲げる事、世界を自分に都合良く捏造する事、それは中学二年の夏の終わりに私が母や北村晴男と共に葬り去った生き方そのものだった。私が捨てた生き方に、母はずっと固執している。母にとってはもう、捏造した物語こそが現実なのである。今更何を言っても母は自分の記憶を変える事は出来ないだろう。私は、母がそう思いたければどうぞ幾らでも記憶をでっち上げて下さいという気持ちになった。何度も洟を啜る音を立てているが、鼻腔に充分な鼻水はないらしい。そもそも泣いてすらいないのである。

母が手にする父の遺産は一体幾らで、父の死によって我が家の年金は幾ら減るのか。そういう現実こそが重要で、母のセルフイメージなど私にとって最早知った事ではなかった。

私は布団に潜り込んで母に背を向けた。母が何か言ったようだったが、聞こえない振りをした。

何度か眠りに落ち掛けては、頭の中の地平線に無数の蟻が群れている気配を感じて目が覚めた。そして次々と古い記憶が甦っては、意識の水面をイルカのように跳ねて行った。やがて記憶のイルカは寄り集まって一塊となり、その塊は忽ち雑木の森へと姿を変えた。草いきれが匂い立ち、私は懐かしさで一杯になった。雑草を掻き分けて丘を上るや、反射的に地面に跪いて手で土を掘った。土の中から、埋めた筈のまだ新しい沢山の本が出て来た。『魔法入門』や『魔女狩り』に飛び付いた私は、自分の体の変化に気付いた。何かが物凄い勢いで私の細胞を若返らせつつあるのを感じる。すると「をっ」と恐ろしい声がしてサタンが姿を現し、父の命を供物として捧げた報酬として若く美しい魔女の肉体を与えようと言った。私はそれは誤解だと抗弁したが、何としても現実は変えられぬとサタンは主張した。どんな女がいいかと問われ、私は迷わず大山田絵里子の名を挙げた。

「眠れんのか？」

突然、母の声がした。

「モゾモゾしてからに」

口をチャプチャプいわせて眠っている振りを装いつつ、布団の中で全裸になっていた私は自分の精液を掌に受けたまま暗闇の中で目を剝いた。又しても本能的な嫉妬心から私の女性化に気付いた母が、自分の方が美しいと言わんばかりに、その成就を阻止しようと妨害して来たのである。しかし今度はそうはいかない。何と言っても私には父の霊とサタンとが付いているのだから。

私は掌の精液を舐め取って飲み込むと、まだ固さの残るペニスを股間の中に挟み込んだ。そして母に聞こえるようにこう言った。

「父ちゃんは母ちゃんより私の方が好きやってんからね。思い上がらんといてくれる？」

母は何も言わず、ずっと黙っていた。

その沈黙は、父が母より私の方を性愛の対象としていたという事実を、母自身が認めたと思わざるを得ないほど充分に長かった。

やがて母の惨敗の鼾が聞こえてきた。

私は異常な集中力を発揮して、早速、世界の再創造に取り掛かった。それらはどんな言葉で為されたかって？　全てこんな言葉によって行われたに決まってるじゃないのバカね。


明日は森へ参ります。

参考文献

ダニエル・パウル・シュレーバー、渡辺哲夫訳『ある神経病者の回想録』（筑摩書房）
ベアード・T・スポールディング、仲里誠吉訳『ヒマラヤ聖者の生活探究』（霞ケ関書房）
森島恒雄『魔女狩り』（岩波新書）
W・E・バトラー、大沼忠弘訳『魔法入門』（角川文庫）

吉村萬壱（よしむら・まんいち）

一九六一年生まれ。二〇〇一年「クチュクチュバーン」で文學界新人賞を受賞しデビュー。二〇〇三年「ハリガネムシ」で芥川賞、二〇一六年「臣女」で島清恋愛文学賞を受賞。他の著書に『バースト・ゾーン』『ボラード病』『回遊人』『前世は兎』など。

◉初出：「文藝」二〇一九年秋季号

流卵（りゅうらん）

二〇二〇年二月一八日　初版印刷
二〇二〇年二月二八日　初版発行

著　者　吉村萬壱
発行者　小野寺優
発行所　株式会社河出書房新社
〒一五一 - 〇〇五一
東京都渋谷区千駄ヶ谷二 - 三二 - 二
電話〇三 - 三四〇四 - 一二〇一（営業）
〇三 - 三四〇四 - 八六一一（編集）
http://www.kawade.co.jp/

組　版　KAWADE DTP WORKS
印　刷　株式会社暁印刷
製　本　小泉製本株式会社

Printed in Japan
ISBN978-4-309-02862-0